JN015370

純猥談

一度寝ただけの女になりたくなかった

河出書房新社

純猥談

一度寝ただけの女になりたくなかった

自分にもあったかもしれない、性愛にまつわる23人の体験談。

目次

来世は元気に生まれるからその時は一緒になって下さい　お茶々　59

ずっとあなたのファンでした　歌舞伎町002　62

まだ吸えるはずなのに彼女はタバコの火を消した　すごろく　69

知らねえやつとセックスした後の駅前ガストの辛口チゲとレモンサワーは格別だった　一夏　74

いつか回り回って恋人に戻れたら幸せです　さくらだ　80

私たちはもうすぐ、家族になる　sheryl　90

幸せで、幸せすぎて怖くなった　ましろ　94

触れた、だけだった　ビネ　100

装画　凪
装丁　三瓶可南子

もっとどうでもいい男と寝とけばよかった

不細工な男だと思った。

ディズニー映画の、悪役のトカゲみたいな、がちゃついた前歯と愛想の悪い目が目立っていて、それ以外は特別でもなんでもない男の子だった。そこらへんによくいるサブカル男子でしかなかった。

彼の存在を認知したのは、彼が音楽サークルに入ってきてから2年目のときで、それまではわたしと彼はただの「サークルの人」だった。話をすることすらなかった。

確か、友人がその子を可愛いと言い出したのがきっかけだったと思う。かっこよくもない後輩を猫かわいがりする友人につられるようにして、わたしも彼をかわいがるようになった。

年下なんて本当のところはなに考えてるかわかんないし、目新しいことも言わないし、気を遣ってきてつまらないから、今までどの子とも仲良くならなかった。

でも彼は、何十人といる後輩たちのなかでも群を抜いて生意気で、でもどこか憎めない感じの不器用な子だったから、彼がわたしにとって一番可愛い後輩になるのに時間はかからなかった。

サークルの集まりで顔を合わせるたびに、新しく買った服を「めっちゃ可愛くない？これ」と自慢してくるのが可愛かった。

集団が苦手なわたしたちはよくふたりでコンビニに行って、奢《おご》ってあげたり、奢ってもらったりした。

「これ好きなんだよね」「買えってこと？」

とか、笑いながら交代交代にレジに並ぶのが楽しかった。

サークルのライブのときに、だだっ広い楽屋でふたりでソファに腰掛けていた。もうとっくに次のバンドが始まっているのに、わたしたちは延々とどうでもいい話をして、けらけら笑っていた。

後輩ともっと話していたかったから、バンド見るの疲れたって言葉に安堵したりしてた。

不意に右手に熱を感じて、後輩の手が触れてることがわかった。心臓が跳ねる。

こんな餓鬼《がき》に、こんな年下に、全然かっこよくない男に、こんなにどきまぎしてしまう自分が心底嫌だ。バンドの演奏が終わって、楽屋に人が戻ってきた瞬間、熱が離れて、でもまた人が少なくなると指に熱が絡んできた。

どうしようもなくどきどきしていた。

大学に入ってから、それなりに好きだと思える顔のいい男と寝てきて、自分でもどうしようもないような、重たい恋愛感情とは無縁になれたと思っていた。

なのに、そのライブの晩から、わたしは大学1年生ぶりに携帯の機内モードを解除して眠るようになってしまった。

本当に、自分が情けなくて悲しくて、だけどまた誰かを好きになれるらしいことが、少し嬉《うれ》しかった。

半年ほどセックスをしてないから、一時的に処女みたいな気持ちになってしまってるだけだとわかっていた。恋愛の、片思いの一歩手前ぐらいの、上澄み部分だけを味わえれば、それでいい。

そう言い聞かせて、この感情は後輩への先輩愛にすることにした。

それから後輩とは頻繁に連絡するようになった。

後輩が飲みの帰りに電話をかけてきて、そのまま3時間だらだら話すような日々が続いた。

夜の電話相手にわたしを選んでくれたことが嬉しかった。眠そうに舌足らずに、わたしの名前を甘ったるく呼ぶ後輩の声を聞いていると、恋人以外にそんな声聞かせちゃ駄目なんだよ、と言いたくなった。

後輩には彼女がいた。

つきあってもうすぐで1年になる、同じサークルの彼女。わたしの嫌いなタイプの子だった。

腹黒いくせにその無害そうなベージュ色の服と曖昧な笑顔で、周りにいい子だと評されるような子。わたしとは対極にいるような子だった。


後輩は、もう半年以上セックスをしてないことをあっけらかんと言った。

「他の子と遊んだりしようかなって思うときもある」

「でも先輩のことはそういうふうに見てないから」

当たり前じゃん、と笑いながら、自分でもびっくりするぐらいに傷ついていた。


わたしは後輩にとってただの先輩で、そういう対象じゃない。だったら一番仲のいい後輩と、一番仲のいい先輩でいよう。そうすればわたしはこの子と楽しく最後の学生生活を過ごせる。

人生でここまで仲良くなれた後輩は初めてだったから、それだけでもう十分なはずだった。

ライブから少しして、打ち上げが開かれた。

二次会、三次会と朝まで続く長丁場で、後輩は三次会に遅れてやって来た。乾杯のときに、

「俺と先輩と、あと誰か誘って家で飲も」

と耳打ちされた。彼女の視線が痛かった。

そういうんじゃないと思いながら、そういうんじゃないならなんなんだろうと思いながら、たいして美味《うま》くもない酒を煽《あお》った。

その日のわたしは、そのとき一番気に入っていたワンピースで、一番可愛くあろうとしていた。

友人を数人誘って、皆バラバラのタイミングで抜け出ることにした。後輩が抜けて、わたしが抜けた。

「はやくきて」

ＬＩＮＥのメッセージを返すのももどかしくて、ヒールで階段を駆け下りた。

タクシー乗り場に後輩が立っていて、嬉しくて楽しくて、お互いにやにや笑ってしまった。

タクシーに乗り込んでしばらくしてから、後輩が手を握ってきた。右手が熱くて、振りほどかなきゃいけないのに、できなかった。しらっとした顔で、なんてことないみたいな顔で、されるがままにしていた。酔っているのはわかっていたから、何も考えないように窓の外を睨《にら》みつけていた。たぶん、握り返さなかったと思う。それでも後輩は手を離さなかった。

ふたりではしゃぎながらコンビニで酒とおつまみを選んだ。連絡のつかない友人を待ちながら、おつまみを食べていると、不意に後輩の唇が触れた。照れたように笑う後輩に合わせてへらへら笑いながら、駄目だって、とか、そういう浅いことを言っていたような気がする。彼女いるのにこういうことするの終わってるよ、とか、お前が言うなよって感じのことを言ってみたりもした。

だけどやっぱり、目の前にいる不細工な男は、後輩として好きなんじゃなくて、ひとりの男の人として好きで、ほんとはそういうことはもうずっと前からわかってたから、だから、好きな人に求められて、拒絶できるわけがなかった。

キスしながら、身体をなぞられながら、可愛い、と何度も何度も言われて、気持ちよくて嬉しくて恥ずかしかった。他の男も何回もしてきたことなのに、まともに目が見られなかった。

わたしをさん付けで呼ぶ目の前の年下の男の子が馬鹿みたいに可愛くて、好きで、どうしようもなくわたしのものにしたかった。

「ほんとはすげー意識してた」

「こんな可愛い人にあんな笑顔で話しかけられたらそりゃどきどきするでしょ」

がちゃがちゃの歯並びで、愛想の悪い目。

わたしを一番仲のいい先輩だと思ってくれている、わたしの一番可愛い後輩。大好きな後輩。

自分を好いてくれる大切な彼女がいるのに、ちょっと可愛いだけのわたしと寝ることを選んだ馬鹿な後輩。後輩なんて、好きになりたくなかった。

それから1、2回後輩と寝た。下手くそなセックスだった。もう寝るのはやめよう、と決めたわたしたちは、だけど前のように一番仲のいい先輩と後輩には戻れなかった。

後輩が彼女と別れても、わたしたちの関係はどこにも戻らなかった。

一度でも寝てしまった男女特有の、めんどくさい、よそよそしい空気感が充満して、自然と顔を合わすことも少なくなった。夜の電話もLINEも、コンビニの奢りあいっこもなくなった。彼が今どんな曲が好きで、最近どんな服を買ったのか、そういうことも、もう全部わからない。

今度、最後のサークルの集まりで、1年ぶりに後輩と会うかもしれない。

大学生じゃなくなったら、わたしと後輩は、もう「サークルの人」にすらなれない。

会えなかったら、後輩はもう後輩じゃなくて、きっとこれからの人生でもう二度と関わらないわたしを可愛いと言って抱いた男のうちのひとりになる。その他大勢になる。

キス以外は下手くそなセックスだった。

もっとどうでもいい男と寝とけばよかった。

後輩とは寝なかったらよかった。

わたしたちのセックスにはなんの価値もなかった。

30になるまで相手がいなければ

「30になるまで相手がいなかったらお前でいいわ」

セックスはできんけど、と言っていた幼なじみから久々に会いたいと連絡があった。

ふたつ返事で応じ、旦那に飲みにいってくるねと言って地元の居酒屋を予約した。彼は典型的な可愛い顔をしていて、習い事も一緒。昔はよくマセている女の子にからかわれて泣いているような、中身も見た目も可愛らしいタイプの男の子だった。

どちらかというと仲良くなったのは高校からで、進学先がわかれてからだった。偶然、妹同士の交流があったことがきっかけで、話してみるとお互いとても気が合うことに気付いて、女友達と変わらないくらいなんでも話せる存在になった。

毎回彼がバイト帰りの私を待ってくれていて、お互いの彼氏彼女の話をした。お互いの邪魔にならないように、他の友達を交えたり適度に距離を保って付き合ってきた。

私のバイト終わり、パピコを半分こして、自転車を押しながら10分の帰り道を30分かけて帰るのが大好きだった。あまり人のことを悪く言わない彼が、彼女のことを少し悲しそうに話す時、一緒に私も悲しくなった。

彼の進学先が北海道で頻繁に会えなくなってからも帰省した時は私に一番に連絡がきたし、私が都内にその時の彼氏と住んでた時も会いにきてくれたり、その当時流行っていた通話無料の携帯電話で、いつも連絡をとっていた。

どちらかというと見た目が派手な私と、真面目で正統派な見た目の彼。周囲から見ると正反対な二人だったと思うが、不思議なくらい仲が良かった。

私が結婚すると言った時、彼は全然30前じゃん！　と言って笑った。私ももし別れたら貰《もら》ってよねーと言って笑った。

それから数年、たまに連絡はとっていたけれど会うのは久々だった。

「結婚することになった」

いつも通りの口調で彼は言う。

かなり年上。話を聞くと周りから固められた感じで、彼らしいといえば彼らしいと思った。彼が、地元にいつか戻りたいと言ったら、それでもついていきたいと彼女は言ってくれたらしい。

今まで優しいせいで苦労しすぎた彼。でも、彼のことをとても大切に思ってくれる彼女と今度こそ幸せになるんだろうなと思った。

彼と出会ってから、随分時間が経った。

それでも変わらずに冗談を言い合えること、お酒を汲み交わしながらお互いの結婚を祝福できることは、私にとってとても大切なことだった。

日付が変わる前にいつも通り彼がタクシーを呼んでくれた。まだ飲むと言う彼が近所のスナックの前で降りる時に呟いた。

「一番、お前が好きだったよ」

「抱けないって言ったのはお前だろ」という言葉をのみ込んで、

「またね」と言った。

結局は私も男として見れないって何回も言ってたっけ。

まだ私もあなたも30になってないね。
でも30を過ぎてもこれからもずっとずっと友達でいたいね。
男女の友情は理性で作られるものなのかもしれない。

私もお前が一番好きだったよ。

一度寝ただけの女になりたくなかった

秋の気配が色濃く漂う、大学4年生の11月。春には地元に戻り就職することが決まっていた。

その夜、ひとり暮らしのアパートにいたわたしに1件の着信が入った。

「今、サークルの奴ら何人かで集まってるんだけど、うちで呑《の》まない？」

彼はサークルのひとつ上の先輩で、ジンさんといった。大学院に進んだジンさんのアパートとわたしのアパートは、歩いて10分の距離にある。本や音楽の趣味が合い、お互いお酒好きということもあり、彼は何かとわたしに声をかけてくれた。

小栗旬とそっくりな、端正な顔立ち。低い声に、笑うとくしゃっとしわのよる高い鼻。面倒見の良い彼は、人たらしのお手本のような存在だった。

わたしは大学1年生の時から付き合っている彼氏がいたし、ジンさんにも年下の彼女がいることは知っていた。

けれど、あらゆることに淡白な彼氏よりも腹を割って話すことのできるジンさんと過ごす時間が楽しく、彼のいる集まりにはよく顔をだすようになっていた。

性的に惹《ひ》かれていなかったといえば、嘘になる。

彼の涼しげな目元や長い指、細めなのにきれいに筋肉がついた腕を見るたび、自分の奥底にある欲望がチラッと顔を出すのは知っていた。

知っていて、気づかないふりをしていた。

だって、「仲良しの先輩と後輩」という関係を失いたくなかったから。

一度寝てしまったら最後、もう元の関係には戻れないということくらいは知っていた。

その日、ジンさんのアパートに行くと、彼の他に3人のサークル仲間がいた。部屋の電気を消し、酒を呑みながら洋画をひたすら見ていたのだった。

わたしもそこに加わってから数時間後、わたしとジンさん以外の3人は終電があるだとか明日バイトで朝早いんだとか言って帰っていった。

部屋にはジンさんと、わたしだけが残った。

今までも何度かこういう状況にはなったけれど、何も起きたことはなかった。歩いてすぐ帰れる距離に住むわたしは、この映画が終わったら帰ろう、とぼんやりしていた、その時だった。

突然目の前が真っ暗になり、わたしの体は床に横たわっていた。

理解は数秒遅れてやってきた。

ジンさんがわたしを抱きしめて押し倒してきたのだ。

真上にはジンさんの顔。呆気《あっけ》にとられているわたしをよそに、彼は有無を言わさず唇をふさいだ。

ジンさんが？

ありえない。


あまりの衝撃に身体が小刻みに震える一方、わたしは自分が今までにないくらい興奮し、めちゃめちゃに濡れていることに気づいた。

彼の手は優しく、けれどしっかりとした欲望を感じる強さでわたしの体を求めた。

大きな手がわたしの胸を包み、もう片方の手が背中を撫《な》で回す。


見ないようにしていた欲望、この人に抱いてほしいという本能。

たぶんわたしは、とっくに彼のことが好きだった。

キスだけで腰が抜けそうになるのは初めてだった。


でも、溶けそうな頭の片隅で、わたしの中の理性はガンガンと警告を鳴らしていた。

ここで寝てしまったら、ただの「一度寝たことのある女」になってしまうよ、

踏み込んだらその先を知りたくなるよ、
あと半年もせずに会えなくなるのに深入りしていいの？
暗い部屋の中、テレビ画面の明かりに照らされたジンさんの目を見る。彼の目は意外にも真剣で、切ないような、どこか痛むかのような表情をしていた。

「ジンさん」

「うん」

「……わたし」

「うん」

「ジンさんと、今までみたいに話せなくなるの、嫌です」

震えながらそう言った。

本当はめちゃめちゃに抱いてほしかったけど、尊敬する彼との関係を失う恐怖の方が強かった。

「ジンさん、わたし、春には地元に帰るんですよ」

「うん、知ってる」

「これ以上深い関係になったら辛くなります」

「……うん」


ごめん、と彼はつぶやいた。

わたしの服を直し、もう一度強く抱きしめて、ごめん、と言った。

その声は涙声だった。


「俺、君の性格とか考え方とか、すごく好き。いなくなるの、ちょっと痛い。いや、すごい痛い」

切るような声で、さみしいよ、とつぶやく。

それを聞いて、わたしはボロボロ泣きながら笑った。

「さすが人たらしですね。そんなこと言われたら辛い。お互い付き合ってる人いるのに」

「分かってる。分かってて言ってる。ほんと、ごめん。君がいなくなるのがさみしくて、何か留めておきたくて」

彼も泣きながら笑った。

寝るのは簡単だった。

けれど、そうしなかった。

いつかそのことを後悔する日がくるんだろうか。

その日は、彼がわたしを抱きしめたまま眠り、わたしは明け方近くに彼の腕からそっと抜け出して部屋を出た。

それから卒業まで一度も、彼の部屋に行くことはなかった。

地元での就職を機に、わたしは付き合っていた彼氏と別れた。

ジンさんの方も、いつの間にか彼女と別れたことを風のたよりで知った。

卒業おめでとうという短いメッセージをくれてから特に会うこともなく、わたしは日々の忙しさに身を任せていった。

あれから6年経《た》ち、わたしは結婚し地元を離れた。

今でも時々、あの日の夜を思い出す。

何かを必死で守ろうとした、若くてかわいいわたしたち。


「何ニヤついてんの？」

夫が尋ねる。

「なんでもないよ、ケーキ食べよう」

わたしは答える。

「ね、ジンさん、どっちのケーキがいい？」

ざまあみろ、あなたの初めての女は私だ

　高校時代2年近く付き合った彼のことが大好きだった。

　頭はいいけど空気が読めなくて、社交的だけどちょっとウザったくて、女っ気がなくて。でも真《ま》っ直《す》ぐに私のことを見てくれた、仲間内で揉《も》めた時も、泥臭く私の味方でいてくれた、そんな所が大好きだった。

　大学生になり、私たちは共に東京の大学に進学した。それまで毎日会えていたのが急に会えなくなり、そして彼が元々あまり愛情表現が得意でなかったこともあり、愛されたい私は気持ちが冷めてしまい、入学1ヶ月で関係は終わった。そして私は一目惚れされた同じ大学の男子と付き合う一方、彼とも友達として頻繁に連絡を取る仲であり続けたのだっ

た。

友達として彼と話すのは本当にラクだし、楽しかった。相変わらず話は上手いし、思い出話にも花が咲く。自称星野源（笑）の彼は、高校時代とは違ってオシャレな私服と整えた髪で私と会うようになった。恋愛感情はもうないけれど、この人は手離したくないなと、ちょっと思ってしまった。

こうして1年が過ぎた頃、これまでの生活が一変することになる。

私の彼氏のDV、モラハラが露見し始めたのだ。馬鹿だった。深夜に4時間理不尽に説教されても、能力が低いと馬鹿にされても、それは全部私のせいで、私の為《ため》を思って言ってくれているのだと思い込んでしまっていた。

初めて物を投げつけられて鎖骨のあたりに痣《あざ》ができた時、私の何かが、キレた。

泣いて謝る彼氏、私の為を思ってやりすぎたと謝る彼氏の横で、私は呆然《ぼうぜん》と元彼にLINEした。

「もう彼氏の横にいるのが辛い、別れたいが切り出せばまたキレられるかもしれない、誰でもいいからセフレが欲しい」

本当は誰でもいいわけない、私は元彼がセフレになってくれることを密《ひそ》かに期待していた、と、思う。

しかし彼は、自分ではなく、彼の友達の童貞を差し出してきた。彼女もいないし、奪ってやってくれと。笑い飛ばされるように言われた。誰でも良かった私は、元彼の部屋で、元彼の友達とセックスした。浮気特有の高揚感はあれど、気持ちよくもなんともなかった。元彼のシーツの上で他の男の上に跨《また》がり、事後は元彼の枕に2人で頭を載せた。なんだかやり切れなくて、少し泣いた。帰る時には髪の毛を1本枕の上に残していった。その男とは、それきりだ。

それからというもの、モラハラ彼氏と別れて性欲を持て余した私に、元彼は自分の友達をセフレとして差し出すようになった。ほぼ会ったことも無い彼の友達と酒に酔ってセックスやペッティングをすることで、私は次第に間接的に彼と繫《つな》がっていると思うようになった。自分がしていることは身体の安売りで、いけないことだとわかっているけど、でもこの関係を切ったら、元彼とも一緒に居られなくなるのではないかと思うと、切るに切れなかった。言われるがまま呼ばれるがまま彼の家に行き、彼の男友達に簡単に身体を渡した。でも元彼には、指1本触れなかった。

そんなある日、私の誕生日をすこし過ぎたあたりに、元彼と2人で飲むことになった。元彼が決めてくれたよくある居酒屋の飲み放題で酔っ払い、いつものように話に花を咲かせていると、運ばれてきたのはなんとバースデープレート。私の誕生日を覚えていてくれて、お店に事前に予約して、おめでとうと祝ってくれたのだ。

正直、すごく嬉しかった。一瞬だけ恋人同士に戻れた気がした。そうだよ、これだよ。私が欲しかったのはこんな愛情。田舎にはこんな洒落《しゃれ》たお店はないけれど、こんなふうに素直に好意を伝えてくれればよかったのに。そしたら別れたりなんかしなかったのに。そう思いながら、小さなケーキの上の蠟燭《ろうそく》を吹き消した。

その後のことは実によくある話だ。彼の家に場所を移し、鏡月とスト缶を空けて、ベッドで2人並びながらグダグダしていた。

どちらからだっただろうか、たぶん、私だ。たぶん。

彼の胸に潜り込み、腰に手を回した。いつもならやめなよと笑って拒否する彼は、その日はもう何も言わなかった。

1年越しに唇がふれあい、酒臭い舌が入ってくる。頭が真っ白になって、もう彼のことしか考えられなかった。

彼は童貞だった。私は童貞の彼をリードするように彼の肉棒を優しくさすり、彼の右手を胸に誘導した。最初は戸惑っていた彼も、次第に私の気持ちいいところを当てるかのように乳首を愛撫し始める。

お互いの息が荒い。足を絡めながら激しくキスし、乳首を転がしていた手は既にぐしょ濡れの私の秘部に伸びた。触り方がわからないと言うのでパンツの中まで誘導し、愛液で溢れた秘部に指を挿入する。それがとても気持ちよくて、思わず甘い声が出る。

「可愛い」、と熱に蕩《とろ》けた顔で囁く元彼。そのまま服を脱がされ、しっかりとゴムを着けた元彼の熱いものが入ってきた。

いかにも童貞という、ぎこちない腰使い、余裕のない顔つきだった。それでも彼のことが愛《いと》しくてしょうがなくて、私は彼に奥を突かれながらも、「やっぱり好き、だからどうしても初めてが欲しかった」と、伝えてしまった。

彼は少し驚いた顔をした後、心なしか悲しそうな顔をして、腰の動きを強めた。入口を突かれるのが気持ちよくて、私は何度も絶頂を迎えた。

腰を震えさせながら感じる私を更に突きながら、彼は言った。

「本当は君のことを手放したくなかった、ただ自分がセフレになる勇気はなくて、だから他の友達と繋がらせることで君との繋がりを保とうとしていた、本当は他の男に抱かれるのなんか嫌だよ……」

彼の語気は本気だった。2年付き合って見たことの無かった、切なさと後悔と怒りと、そして性欲にまみれた表情に驚いた。

私たちはそのまま強く抱き合い、中で果てた。

終わった後、よりを戻すかという話にもなったけれど、セックス後のテンションでその話は一旦やめようと言われ、これからの話は保留した。セックスが終わったあとは、高校時代のように手を繋いだり、肩に寄りかかったり、キスしたり、幸せな時間を過ごした。時が止まればいいのにと、素直にそう思った。

そして数ヶ月後、私は彼に、「やっぱりビッチは無理」と言われ振られることになる。

そうだよなあ、自分の友達の手垢《てあか》が付いた元カノと復縁なんて、冷静に考えたら気持ち悪いよね。はは。とか思ってゲロ吐いて泣いた。

でもざまあみろ、あなたの初めての女は私だ。初めての彼女、初めて手を繋いだのも、初めてのキスも、記念日も、プリクラも、クリスマスパーティーも、セックスも全部私だ。この先どんな可愛くて優しい清純な女の子と付き合おうとも、セックスしようとも、あなたはその過去を一生背負って生きていくんだ。はは、ざまあみろ。

ＬＩＮＥもTwitterもInstagramもブロックした。iPhoneのフォルダに残る高校時代の写真にはあなたが沢山写ってて、辛いよ。２人とも屈託のない笑顔で、化粧もヘアアイロンもしていない私は不細工だけど、化粧で塗り固めた今よりずっと幸せそうなのが、すごく悔しい。

4年経っても、手を出してこない彼氏のことがけっこう好きだ

「彼氏ともう1ヶ月もレスなんだよねぇー」と重い吐息をついた先輩を慰めようと、「大丈夫ですよ！　私たちなんてまだセックスしてすらいませんから！」と返したら、「付き合って4年も経《た》つのにあんたたちはいったい何をしてるの？」とギョッとされた。

そこから先輩は野次馬へと豹変《ひょうへん》し、「4年間セックスなしでどうやって付き合ってるの？　彼はエロに関心ないの？　ていうかセックスしないなら、デートはいつも何してるの？」と矢継ぎ早に質問を重ねてきた。

恋人という関係性でありながらもいまだに処女・童貞を保っている私たちの話をすると、たいていの人が同じ反応を見せる。それが普通の反応なのかと納得してはいるものの、私は交際開始から1ヶ月経っても、半年経っても、4年経っても、手を出してこない彼氏のことがけっこう好きだ。

たしかに私も、彼氏も、セックスを知らない。

セックス経験者たちが口を揃《そろ》えて言うように、きっとセックスは素晴らしいものではあるのだろう。しかしながら、恋人間において必要不可欠な愛情表現だと断じることについては、いささか違和感がある。この度は私たちが肉体関係において「純」な交際を始めるに至った経緯と、セックスをせずとも満たされている性生活を書き記しておこうと思う。

私たちが出会ったのは、語学サークルの新歓飲み会だった。同い年とは思えない落ち着いた物腰と、飲みの席にもかかわらずかたくなに烏龍茶を啜《すす》っている姿が印象的だった。真面目そうなのに飄々《ひょうひょう》と面白いことを言うのが可笑《おか》しくて、いつしかほとんど毎日部室でしゃべる仲になり、その秋に「好きです。付き合ってください」という彼の告白を快諾した。

これまで好きな人ができたことがないという彼の、初めての彼女になれたことが嬉《うれ》しかった。

晴れて両思いになったその日。告白をしたあとの時間を持て余してしまったのか彼は「なにかしたいことある？」と聞いてきた。

私は「ハグがしたいな」と答え、私たちは両手を広げて近づき、ギュッと抱き合った。「嬉しいなあ、好きだよ。かわいいよ」と照れずに言ってくれる彼が、とても愛《いと》おしかった。デートに行った時は「手汗がやばいね」と恥ずかしがりながらも、手を離すことなく歩き続けた。

ハグと手つなぎだけで、2ヶ月が経とうとしていた。

私の話を聞いていた友人が「あなたたちまだヤッてないの？」と怪訝《けげん》そうに言った。交際2ヶ月でセックスをしないのは遅い分類に入るのかと思ったが、クリスマスになればまた少し進展があるだろうと私はほのかに期待していた。

そして迎えたクリスマス。

彼の家でちょっと豪華なご飯を作り、大学の近くのお菓子屋へケーキを買いに行き、プレゼントを交換して、ちょっとハグした。その夜、2人でシングルベッドに入った。私は実は下着を新調し、顔や脛《すね》の毛を剃《そ》っていた。彼は準備万端な私の頭を少しなでて、「今日もありがとう。おやすみなさい」と優しく言って、目を閉じた。

おいおいおいおい。気持ちが高ぶっているのは私だけかい。

ツルツルに整えた自分の身体が羞恥に燃えて、衝動的に私は目の前の彼の唇に自分の唇を重ねた。呑気《のんき》に目を閉じていた彼は一瞬目を丸くしたものの、すぐにキスに応じた。繰り返されるキスの中、これはもしかしたら、今晩コトがなされるかもしれないぞ。と酸欠の頭で考えた。が、結局私たちはその晩3時間キスして、ヘトヘトになって、寝た。

ハグと手つなぎと、キス。それだけで半年が過ぎた。
このままでもいい気もするし、いけないような気もする。漠然とした不安と危機感を持っていた私は、一人夜中にパソコンでＡＶを観てフェラチオの知識を学んだ。

ある日、彼の家でキスをし不意に目があった瞬間、チャンスだと思った。ノリと勢いで彼のパンツを下ろす。

「急にどうしたの……?」と気乗りしない様子ながら素直にパンツを脱いでくれた彼のブツにそっと口づけ、予習したとおりに口を動かす。

そっと彼を窺《うかが》うと、彼は普段と寸分変わらない冷静な面構えで私のことを見下ろしていた。こんなに真顔で、「で?」みたいな顔をされたときの対応を、私は知らない。

ていうかいつまで舐《な》めていればいいんだろう。一度大きくなったはずのブツは口の中で徐々に小さく柔らかくなっていった。

私の焦りを汲《く》み取《と》ったらしい彼は「あんたは何がしたいの。俺をどうしたいの」と静かに聞いた。

「急にごめんね。でも、私はあなたともう少し先に進みたいの。あなたに気持ちよくなってほしいし、セックスもしたいの」

私の答えを聞いた彼は少し驚いた顔をして、私の手を握ってゆっくりと話した。

「俺は結婚するまではしたくないな。万が一コンドームが破れて子どもができてしまったら、俺たちは大学を辞めたり、就職を諦めたりしなくちゃいけないかもしれない。そういうリスクが0％じゃないかぎり、そういう行為をしないに越したことはないと思う」

そんなに深く考えてくれていたことに胸が熱くなった一方で、私としたいと思ってくれているのかも気になっていた。

「性欲自体はあるの？　私に対して、したいって思ってくれてる？」

「性欲自体はあるけれど、コントロールできているから大丈夫」

彼の言葉に安心していたら、彼は「そうか……あんたは俺とセックスしたいと思ってくれてるんやねえ」としみじみと言った。

彼に復唱されると無性に恥ずかしくて、もういいから寝よう、と布団をかぶったのだが、「よくないよ。あんたの性欲はどうなるねん」と彼は布団をまくって足元に投げた。

なんだかひどく、胸騒ぎがした。

それからの数時間、どこか嗜虐《しぎゃく》的で楽しそうな彼から放たれる強烈な色気にくらくらした。羞恥と気持ちよさとで、泣くかと思った。

この日を境に、彼は時折、前戯だけで私を極限まで追い詰めて喜ぶようになった。

身体の熱を持て余した私がもうひと思いに挿《い》れてくれ、と懇願することもあるが、「それは言わないお約束でしょう」と軽くいなされている。

結婚するまで、私たちはセックスをしない。

そのルールはあいかわらず。

そんな私たちを「相性が悪かったらどうするの？」と心配する友人もいる。たしかに私もそれは少し不安だ。

しかし、私たちはお互いが初体験なのだ。

相性を判断できるほど経験がないから、きっと大丈夫だろう。これまでも、そしてこれから先も、彼は、私は、おそらくお互いしか知らないままで生きていくのだろう。

結婚するまで未知数の、彼とのセックス。予想がつかない、私たちの未来。

今はまだ、私たちはセックスを知らない。

恋と呼ぶには利己的すぎた

クラブで知り合った年上の男とセフレになったことがある。よくあるワンナイト話と違うのは、わたしは元々彼のことを知っていたということだ。

彼はわたしが行った実習先の研修医だった。

綺麗《きれい》な肌とパーツの整った顔立ち。今流行りの塩顔ってやつだ。細身の彼は白衣がよく似合っていて、それに加え学生にも優しく丁寧に教えてくれる。

わたしたち実習生の話題は彼の話で持ち切りだった。例外なくわたしも先生に憧れていたし、何とか顔見知りになりたいとツテをたどったこともある。

わたしの学校は学生と職員が交流を持つことを禁じているらしく、それは叶わなかったけれども。


だから、深夜2時のクラブで彼に声を掛けられた時はとんでもなく動揺した。

「すごい可愛い子がいるなと思ってずっと見てた」

酒の回ったとろんとした目で笑われて顔が火照《ほて》るのがわかった。騒がしいフロアは話すのも一苦労で、彼はわたしの肩を抱いて耳元で話し掛けてくる。

冷や汗をかくのも束の間、これはチャンスだと思った。このまま彼を知らないふりをしていれば、あわよくば。据え膳食わぬはなんとやら。どうせワンナイトで終わる関係だ。

ふう、と深呼吸してわたしは腹を括った。


そこからはよく覚えていない。

テキーラとロングアイランドアイスティーを煽《あお》って、気づけば2人で道玄坂に向かうタクシーに乗っていた。わたしはすこし酒臭いキスで頭をとろかしながら、この音、運転手さんに聞こえてるだろうなぁなんてぼんやり考えていた。

クラブのロッカーの鍵は、わたしの腕に巻きついたままだ。

先生とのセックスは大して気持ちいいものではなかったけど、それを上回る優越感がそこにはあった。

みんなの憧れのあの先生を今、わたしは独占している。

普段診療している細くて骨ばった指でわたしの身体を愛撫して、何度でもキスを落として、「かわいい」と笑ってくれる。

キスする時に遠慮がちに舌を入れてくることも、「イキたい」と切なそうに呟《つぶや》く掠《かす》れた声も知っている女なんてそうそういない。

行為中に何度声を殺して笑ったかわからない。それくらい幸せでたまらなかったのだ。

自分へのコンプレックスが、彼と寝たことですこし晴れたような気すらした。

「夏休みのいい思い出になったなぁ」

そう呟くと先生はすこし面倒臭そうに、ふ、と微笑《ほほえ》んだ。

彼と再会したのは翌週のことだった。

大学の先輩に飲みに誘われて店に行くと、そこには件《くだん》の先生がいた。

「この前は本当にごめん、君がうちの実習生だって知らなくて」

開口一番、そう言って頭を下げられる。

彼はわたしを飲みに誘った先輩の知り合いだったらしく、この先輩のSNSから偶然わたしを発見し慌ててこの飲み会をセッティングしてもらったそうだ。

「このことバレたら俺クビになっちゃうから、早く謝らなきゃって思って」

そう呟いた先生の顔はどこか青白かった。学生に手を出した研修医が解雇された前例があったらしく、ここ数日は食事も喉を通らなかったらしい。

わたしは彼の弱みを握ってしまったのだ。先輩がトイレに立ったのを見て、わたしはふと先生に提案をした。

「誰にも言わないので、これからも会ってくれますか?」

彼は目を見開きながらも「わかった」と微笑んだ。

わたしは彼と繋《つな》がることで、自分を特別な女だと思いたかったのだ。

そこから先生は律儀に、わたしのご機嫌取りに必死になってくれた。

彼の勤め先の病院での実習はまだ続いていたので、そこで会うことも結構あった。

友達が周りにいる中でわたしにだけ声をかけてくれるのが嬉しかった。飲みに行けば浴びるように酒を飲ませてくれたし、愛されてると見紛《みまが》うくらいに優しく抱いてくれた。実習後にこっそりエレベーターホールの隅で待ち合わせして、そこでキスをしたこともあった。

そうやってなんの取り柄もないわたしを特別扱いしてくれる先生に、わたしはどんどんハマっていったのだ。

先生に長年付き合っている彼女がいることは知っていた。

けど、わたしは彼女の存在なんて気にも留めていなかった。彼女が強引な手で先生と付き合ったことは噂《うわさ》で知っていたし、何よりその人はお世辞にも美人とは言えなかったから。

あの投稿を見たのはクリスマスだったと思う。

先生の彼女のＳＮＳには、仲睦《なかむつ》まじく2人が寄り添う写真が投稿されていた。

なんだ、仲良くないなんて言いながら別れる気ないんだ。やっぱり彼女さん可愛くないなぁ。あまりダメージを受けたつもりもなかったけれど、心臓をぎゅっと摑《つか》まれたような気がした。

彼はわたしの外見をよく褒めてくれた。

その時は単純にわたしの顔が好みなんだろうと思っていたけど、この投稿を見たあとにふと気づいてしまった。

中身なんて興味がなくて見てやしないのだ。

腑《ふ》に落ちた。結局あからさまなご機嫌取りだったのだ。

全てがバカバカしくなって、年末の大掃除と称して先生のＬＩＮＥをブロックした。また連絡が来るかもしれないと甘ったれた期待をしている自分が本当に嫌になった。でも結局、トーク履歴を消すことはできなかった。

年明けに実習先で先生と遭遇した。

彼も連絡が取れなくなったことに気づいていたらしく、気まずそうに会釈してきた。他人行儀なその対応を見てようやく彼との関係が終わったことを自覚した。後悔しない日なんてなかったけど、わたしはもうこれ以上ばかな女になりたくなかった。

結局彼は計算で、わたしは執着だったのだと思う。彼は口封じのためにわたしをもてなしていたし、わたしは自尊心のために彼を利用していた。

自分には到底手に入らないような人間を、女という性を使い拘束することで優越感に浸る。自分へのコンプレックスを「こんなに良い男と寝ている」という事実で昇華させようとしていたのだ。先生に抱かれているわたし、というステータスを失うのが怖くてひたすらに執着していた。

それはきっと、恋でも愛でもなかった。

目が覚めてよかったと思う。

先生はそろそろわたしのことを面倒臭いと思い始めていただろうし、わたしはこれ以上彼に貴重な20代の時間を費やさなくて済んだ。わたしがもっと見た目も中身も素敵な女の子だったら、胸を張って恋だと呼べるような恋を彼とできたのかもしれない。

なんて、色々な言い訳を並べてはみたけれど。

先生、わたしは本当は、
ただの知り合いから始まるような、
そんな恋をあなたとしたかった。

私たちの過ごした8年間は何だったんだろうね

もう何となく分かっていたことだった。私たちはとても大事にしあっていたから。

だからこそ一緒に住みはじめてから、初めての冬。付き合って8年が経《た》とうとしてる冬。

私たちは一緒にいることをやめた。

彼は一緒に住んでる部屋にはほとんど帰ってこなくなっていたし、少しずつ少しずつセックスの頻度も少なくなっていた。

久しぶりに帰ってきた夜、「これからどうしようか」とぽつりと彼が言う。


どうもこうもないだろ、と私は思った。

がやっぱりすぐに「別れよう」とは言えず、心の中でその言葉を呟いてみると案外陳腐な言葉だな、と感じるほど冷静な自分がいた。

やっぱり「別れようか」と私が言うより他なかった。


きっと他に女の子が出来たのだろう。

今までそう感じることは一度もなかったが、今回はそう確信していた。

自分にも女の勘というやつが備わっていたのだということである。


私たちは別れると決まってから一度だけ同じ布団で寝た。

「寂しいね」と言いながら手だけ繋いで寝た。


私は彼がとても好きだった。

傍《はた》から見ればしがないバンドマンで、そして少し変わったひとだった。その変わった部分すらも私は愛していて、そんな彼を分かってあげられるのは私だけだと思ってしまっている部分があった。舞い上がっていたのだ。典型的だ。

お互いに音楽をやっていたが、私は仕事をしながら音楽を続け、彼はバイトとバンドに熱中する日々だった。

彼のつくる歌が好きだったし、彼が口ずさむ歌に合わせて私も口ずさんでる時間が好きだった。

そして彼も私をとても大事にしてくれた。それはひしひしと伝わってきた。一緒に住む前は忙しい合間を縫って私に会いにきてくれたし、お金がないなか、誕生日にはお祝いをしてくれた。

何にもない昼間には一緒にベッドに潜り込んでテレビを見たり、よく公園を散歩した。他愛《たわい》のない話をして、笑って、手を繋いで歩いた。

そして何より会いたいときにはお互い正直に「会いたいね」と言い、「好きだよ」と言い合った。

私はただそれだけで良かった。

それが一緒に生きていく上で全てだと思った。

別れてからは彼が出ていき、ひとりで住むには少し広い部屋に私ひとりきりになった。

少しの間は彼の荷物がまだあったけれど、私がいない間にそれも減っていった。

それがどうしようもなく寂しかった。

そして私は春に引っ越しを決めた。別れてから数ヶ月ぶりに彼に連絡をし、まだ少し残っていた荷物を取りに来てもらうように伝えた。

「荷物まとめるの手伝うよ」

そう言ってくれた彼に、ノーとは言えず、久しぶりにあの部屋の中、2人で過ごした。

私たちは不思議なくらい、いつも通りで。

ふざけあって、私が怒って、彼が笑う。

何も変わらない昼間だった。


そこにないのはその合間に交わされるキスやスキンシップだけ。


「じゃあそろそろ帰ろうかな」

一通り片付いた部屋を見て彼が言う。

「待って、これはどうすんのよ」

私は彼が持ってきたぬいぐるみを手に取った。

「これはさ、あげるよ、俺だと思ってね？」

いつものふざけた口調だった。


いつもなら軽く受け流せることが今はなんだか胸がいっぱいでどうしようもなかった。

ただただ私は何も言えずそれを抱きしめた。

何を言うのが正解なのか分からなかった。
一言こぼれてしまえば、甘ったるい言葉が幾らでも出てきていたと思う。

彼もなんだか真剣な顔になって私を見つめる。

この空気は知っている。

もうその瞬間から止められなかった。
お互いになんとなく分かっていて。
どちらからともなくキスをして。
何にもないフローリングに寝そべってセックスをした。

「こんなのおかしいよね」と彼が言う。
「もう私もわかんないや」

どうでも良かった。

ここに彼がいて私がいる。

触れ合いたくて仕方ない、それだけだった。


なんで一緒にいられないのだろうね。

どうしてだろうね。


私はその言葉をのみ込んで、彼をどうしようもなく抱きしめる。

セックスをしているときに涙が出そうになるのはこれが初めてだった。


そしてそれから私は引っ越した。

彼と暮らした家にはもう何もない。不思議なものだ。違う人が暮らしてるかも。

声を聞くだけでまだ鮮明に思い出してしまうのね。まだまだ彼の歌は聴けない。聴けそうにない。

私たちの過ごした時間は何だったんだろうね。
意味をつけることもなんだか安易な気がした。
傍《はた》から見れば変な男とその変な男に振り回された女で、そうだったなと今にして思う。
けれどとても好きだった。
とても大事に大事にしあっていた。
自分の携帯から音楽を流していると、
彼と歌った曲が流れる。
私はまだその曲を口ずさめそうにない。

来世は元気に生まれるから
その時は一緒になって下さい

私にはずっと好きな幼馴染がいる。優しくて、喧嘩《けんか》をしたら次の日には恥ずかしそうに家までお菓子を持って来る可愛い人だった。

中学生の頃、彼はベッドから動けなくなった。私はよく遊びに通った。遊びといっても、私が当時はまっていた折り鶴を作りながら学校などのくだらない話をするだけだった。

彼はいつも笑ってその話を聞いていた。彼は自分といてもつまらないだろうから無理して来なくてもいいと言ったが、そんなことないと言って通い続けた。

そんなある日、彼が「キスしてもいい？」と聞いてきた。触れるだけの軽いキスだった。それから会う度にベッドの上で抱きしめ合ってキスをした。

我儘《わがまま》を言えば、恋人になりたかった。彼とは見えない絆《きずな》があるのだと思っていたし、ランドセルを背負っていた頃から好きだったのだ。

だがその想いは言い出せなかった。彼の中で私は「幼馴染」という周りより少しばかり特別な存在であるだけで、彼の優しさも温《ぬく》もりも「幼馴染」であるが故だと思っていた。何より彼の側に居られなくなるのが怖かった。

そんな関係のまま6年の月日が流れ、大学1年の春を迎えた頃、彼は突然この世を去った。ドラマや映画で観るような感動的な別れではなかった。

それから更に2年後、私は成人を迎えた。彼の三回忌に彼の家に行った時、彼の母親から一つの折り鶴と手紙を貰った。

手紙にはこれまでの思い出話と感謝の言葉が綴《つづ》られていた。

その最後に「折り鶴を折ってみたが下手くそな出来栄えなので折り直してほしい」と書いてあった。

確かに折り鶴は形が歪《いびつ》だったが、不器用なりに彼が頑張って折ったんだと分かった。最後のお願いだし、と折り鶴を開いた。それは私が小学生の頃にあげた、裏に下手くそなポケモンの絵が描かれた折り紙だった。こんなものをずっと持っていたのかと微笑みが溢れた。

その折り紙の隅に歪《ゆが》んで読みにくい字があった。

「来世はもっと元気な身体で生まれて来るから、その時は一緒になって下さい」

その瞬間、何かが弾けたように人目も憚《はばか》らず大声で泣き崩れた。ずっと側にいたのに、私は彼のことを何も分かってあげられなかったのだ。

あのキスも温もりも優しさも、彼が私を大切に思っていた証《あかし》だった。

ずっとあなたのファンでした

新大久保の韓国料理屋。憧れの人が目の前にいた。

テレビで見たとおりだ。ここに来るまでの間も、まるで予習をするみたいに電車の中でYouTubeを見ていた。

彼は特別な仕事をしていた。

そんなに有名ではないけれど、でも何度もテレビで見たことがある。

SNSのDMで応援メッセージを送ったら返事が来て、飛び上がるほど喜んだ。調子に乗って「会いたいです」と送ったら「〇日ならええけど」と返ってきて、夢と現実の間を漂うままにその日が来た。

「好きなん頼みや」と彼は言った。

テレビで聴くのと同じ声。

けれどテレビよりもクールで静かだった。

「何歳なん？」と言われて年齢を答えると「あれ？　思ったよりいってんなあ」と笑った。SNSに載せる写真はだいたい盛れていて若く見える。騙《だま》したようで申し訳ない気持ちになった。

浮かれていた私はたくさん話してたくさん飲んだ。

にこにこして静かな方がいい女だってそんなの分かっていたけど、ある程度大人だから分かっていた。今夜の自分の立場を。私は今夜、「にこにこして静かないい女」として呼ばれたわけじゃない。

韓国料理屋を出るとホテルまで歩いた。

ちょっと期待して手を繋いでみた。優しくて女好きな彼は拒まなかった。けれど水たまりを避ける時に自然に離れた。

あーあ。嫌だったんだろうな。手にとるように分かった。

ホテルでまたお酒を飲もうとしたら、トントン拍子に夜が始まってしまった。ほだされるような甘いキスの中で、ああ、もう終わっちゃうのか、と悲しくなった。

始まる時から終わりを考えてしまう。

一度きりの、憧れの人との、セックスが。

「ずっと俺としたかったん?」

最中に彼は聞いた。なんとも言えず黙っていると「俺としたいと思って来たん?」と言い方を変えられた。おもむろに頷くと電気が走るみたいに目が合って、その時やっと初めて彼の目に自分が映った気がした。

「かわいいな」

もうずっと、ずっと彼が果てないで、ずっとこのまま時が止まればいいのに。そう思った。

終わると彼はベッドに腰掛けて煙草を吸った。

頭を掻《か》きながらスマホを操作していて、私は横たわったままその指をじっと見ていた。特に何を話すわけでも何を話しかけられるわけでもなく時間が過ぎた。

私に何の興味もない彼は、用の済んだ目の前の裸よりもスマホの向こう側の誰かを選んだ。そうしていると、とうとう眠いと言って寝てしまった。

目が冴えてしまった私はひとりでじっとして過ごした。

眠れなかった。目の前にある彼の寝顔。もうきっと二度と会えない。だから焼きつけておきたかった。この先いつでも容易《たやす》く思い出せるくらいに。

窓の外が明るんで、さすがにうとうととしてきた頃、彼が寝返りを打った拍子にもぞもぞと動いた。そして私の方に身を寄せて、自分の額を私の額にくっつけた。

じわりとまぶたが熱くなった。
あたたかくて、情けなくて、どうしようもなく嬉しかった。
神様。時間、止めて。

一睡もできないまま朝が来た。
彼は早朝にスマホのアラームで目を覚まし、ゴルフがあると言って早々にひとりでホテルの部屋を出た。

「じゃ、また」

別れ際、ぽんと頭を撫でて彼は最後に嘘をくれた。「また」と嘘をくれた。「また」なんて無いと分かっている物分かりの良い私は、ありがとうございましたと上手に微笑んだ。

いや、本当は、嘘を渡したのはこっちの方だった。


嘘だった。彼氏はいないと言ったこと。

嘘だった。その日なら私も空《あ》いてますと返信したこと。

嘘だった。相手に合わせて嘘がつけるくらい大人だった。


そう、大人だから。

大人だから分かっていた。

「ヤれる女」を演じないと会ってもらえないと。

ひとり残されたホテルの部屋で、ベッドにごろんと横になる。彼のぬくもりがそこにあるのに、さっきまでここにいたなんてもうすでに信じられない。

昨日食事をした韓国料理屋も、手を繋いで歩いた新大久保の道も、夢だったのかもしれない。あんないやらしいセックスをしたことも、額に額をくっつけてきたことも。

もうすでに寝顔が思い出せない。

胸が痛くて痛くて痛くて死にそうだった。

「ありがとう。気をつけてね」とＬＩＮＥを打って、送らなかった。

大丈夫。困らせたくないから本気になんてならないよ。

さらば、恋心。わたしの光。ずっとあなたのファンでした。

まだ吸えるはずなのに彼女はタバコの火を消した

彼女はタバコを吸っていた。ｉＱＯＳじゃなく紙タバコ。

「身体に悪いからやめなって言う奴が嫌い」

呑み会で場をしらけさせる一言をはなった。彼女に視線が向く中。

「お金の無駄だからやめな」

僕はそう言っていた。口が勝手に開いていた。全員の視線がこちらに向く中、彼女は咳《せ》き込んで大笑いしていた。それから仲が良くなりお互いかまいあうようになった。彼女を馬鹿にしたり、僕が馬鹿にされたり。こんな、関係が楽しかった。

好意はあった。最初から。男として見られてないのが悔しくて、彼女の特別になりたかった。彼氏じゃなくてもいい、僕を、ちゃんと見てほしかった。

それから遊ぶことも多くなり、2人で旅行に行くことになった。

一度も行為はしてない。キスもしてない。それでも呑みのノリで行くことになった。

そういうことにもなるよな、とか、色んな期待と楽しみがあり準備はすぐに終わった。

旅行に行く日。彼女が考えたいとプランを立ててくれていたので完全にのっかり、されるがままに色々な所へ行った。歩き疲れ、夕食を待つ時間。畳の上で2人で寝転んでいた。タバコに火をつけた彼女。窓辺からの景色と好きな人とタバコの煙。とても綺麗だった。馬鹿なことしてはしゃぎまくっていた彼女が、タバコに火をつけると静かになる姿が好きだった。見ているのに気づいて彼女が言う。

「黙るなよ。恥ずかしくなる」

照れ隠しに返答した。

「そっちが黙るからだろ?」

なぜか、彼女は本当に黙ってしまった。こちらを見つめたまま。教えてもらった吸えるところまでのタバコの線。

全然まだ吸えるはずなのに彼女は火を消した。

「本当に今日はありがとう」

そう言って彼女はキスしてきた。

畳の上で絡まる舌。部屋にノック音が響いたが無視して続けた。お互いお腹も空いていたのでたまにお腹がなる。そんなことにも触れないくらいお互い真剣に真剣に体を重ね合わせた。

終わってまたすぐ火をつける彼女。

「吸ってみたら?」

そんな言葉につられて吸ってみた。もちろん咳き込む。それを横目に彼女は笑って、そして泣いた。

どうしてかわからない。女の子は難しい、なんで泣くのだろう。なにかダメだったのか？　傷つけたのか？　そんな心配は口に出さない。優しく、優しく包み込んだ。

「前付き合ってた彼氏と来たかったとこ」
「今日来たところ全部」
「約束してたの、一緒に美味しいタバコ吸おうって」

涙と共に吐き出してくれた魂胆。
悲しくて、悔しくて、虚しくて、それでも、彼女を優しく包んだ。左手に持ったタバコはすでに線まで到達していて、煙と共に全てが消え去っていた。

旅行から帰るといつも通りの日常。普段通りじゃないところと言えば、彼女は前の彼氏とまた連絡を取りはじめたこと。そして旅行に行ったこと。美味しかったタバコの感想も聞いた。

あんなに綺麗だったタバコの煙も、
あなたの好きなタバコの銘柄も、
あなたと行った旅行先も全部。

生。そうそう。生だったよなあ、今日のやつ。

人生で忌み嫌っているセックスがある。生ハメセックスと首締めセックスだ。理由、危ないから。時々変な人が「S？　M？」と聞いてくることがある。わからない。そんなものはない。言葉責めが始まると、急に置いていかれる。ここはどこだろう？　という気持ちになって、性欲処理がおままごとに格下げされてしまう。

「浮気でこんな気持ちよくなっていいの？」

え？　と思った。え？　これ、浮気なの。

わかっている。自分の行動が世間一般に浮気なのは。でも全然心が付いてこない。私が「浮気だ！」と思うのは、心が浮ついた時だ。他の男を好きになった時初めて罪悪感に苛《さいな》まれる。自分は性欲が強い。普通の女の人よりは大分《だいぶ》ある。でもそれってどうしようもなくないか。食欲旺盛な人間、睡眠欲旺盛な人間がいるのと同じように、性欲旺盛な人間もそりゃいるだろう。食欲旺盛なやつは食べて欲を満たし、睡眠欲旺盛なやつは極限まで惰眠を貪《むさぼ》り欲を満たすなら、性欲旺盛なやつはテキトーにいいやつ捕まえてセックスするしかない。いやこれは開き直りか。まあいいか。普段は全然いい。ただもう生理前はほぼモンスターだ。自分で自分が怖い。この前の生理前はTOEICの〝イック〟が卑猥《ひわい》に聞こえて仕方なかった。モンスターは今日、彼氏とタイミングが合わなくてついにティンダーで都合良いやつをスワイプしてしまったわけだ。知らない駅の見慣れないセブンの前に見知った電子タバコを吸う知らない男が待っていた。

あ、glo。

うわ、と思った。元彼も今の彼氏もそうだ。ひえ、とちょっとだけ血の気が引いた。

タバコ吸ってます、と書いてあるやつとは極力会わない。ダサいからだ。それを自己紹介にあたかもアイデンティティかのように書いちゃうその子供っぽさが嫌いだからだ。タバコ吸いません！　と書いてある人もあまりスワイプしない。だいたいそういう人の自己紹介文はつまらない。自己紹介ですらスベっている人間が現実で面白いわけがない。だから私はバカの一つ覚えのように、それはもう淡々と、自己紹介に情報量の少ない顔が薄めの黒髪をスワイプする。とｇｌｏを吸っている。黒髪でエロい塩顔の25歳以下。で、数を重ねて好みのタイプがだんだん浮き彫りになってきた。黒髪でエロい塩顔の25歳以下。で、数あるタバコの中からなんとなくｇｌｏを選ぶような男。

乳首が感じるやつだった。舐《な》めてやったらめちゃくちゃ気持ちよさそうにしていた。そんなに簡単によくなれていいなあ、と思った。私の乳首に自分のを擦り合わせて「これ本当に興奮する」と言っているのを見て、「私は何をさせられているんだろう」と思ってしまった。いつも客観的にセックスを俯瞰《ふかん》してしまう。ちょっと変わったことをされると我に返ってしまう。結局行為中かなりの割合で乳首を舐めさせられた。

小さくてかわいい黒いチワワを飼っていた。まだ5ヶ月なのにめちゃくちゃ躾《しつけ》されていて、ひとつも吠えないしおすわりすらできた。その小さくてかわいいチワワがティッシュで遊んだから、乳首の人は結構大きな声で叱った。そういえば、カナダでホームステイしていた家にも小型犬が2匹いた。無駄吠えをした時にはこんな風に叱られていたっけか。こういうのを見ると絶対に犬なんて飼えないなあと思うのである。叱れない。顔がかわいすぎて、可哀想《かわいそう》で叱れない。多分子育てなんかも向いていないんだろう。乳首の人は小さくてかわいいチワワを叱った後に「ほら、凄い落ち込んでる、みて。顔。俺Sやからこういう顔見るとかわいいいって思っちゃうんよな」とぽろりと言った。その後に、ちゃんと叱る必要がある時しか叱らんよ、と付け加えた。多分私が「え？」という顔をしていたのだろう。乳首の人は、乳首はもの凄く敏感であったが、その一言から本当にSなんだなあ、とうかがえた。

セックスがお上手だった。変わった香水を付けた人だった。舐めてと言われてちんこかと思ったら乳首だったのでつい吹き出してしまったら「してる途中で笑わんで、なんかいや」と言われた。なんか前にも似たようなことを言われたことがあった。

しつこく「また会いたい」とか「またしたい」とか、「定期的に会おう」とか言ってきた。きっと私に彼氏がいるからだ。そういう言葉をテキトーにいなすからだ。そういう言葉にすぐ「うん」と言ってしまえる女は1、2回抱ければ満足なのだ。人のものを自分のものにしたいだけなのである。すぐ手に入ってしまえばきっと用はないのである。

ひってえ世の中よな〜、としみじみしながらレモンサワーを流し込んだ。なぜか炭酸を想像して注文したが、そういえばサワーって別に炭酸ではない。

セフレなんて作るもんじゃないよなあ、とつくづく思った。会えば会うほど情が移る。なんとなく相手の生活を想像してしまう。何でもない会話を楽しく思う。自分の性格では、定期的に会ってセックスをする人間を好きにならないなんてよほど顔が好みじゃない限りむりだなあ、と思われた。しかもよほど顔が好みじゃないやつとはセックスなんてしないしな。多少リスクはあっても精神的にはワン切りがいい。なんてしょうもないことをまた一つ心に刻んだ冬の夜だった。あーあ。あのチワワ、名前なんだっけ。

いつか回り回って恋人に戻れたら幸せです

女の恋愛は上書き保存、なんて嘘だ。ちっとも上書き保存なんかされやしない。

そんな忘れられない恋愛をしたのは、もう10年も前のことになる。

私は高校1年生で、初めての彼氏ができた。

そして彼氏にとっても初めての彼女だった。

私たちは二人揃《そろ》って浮かれていた。いつも幸せだった。

初めてのデート、嬉しくて保護したメール、親に早く寝なさいと怒られた夜の電話、何もかも鮮明に思い出せる。世の中で流行っている恋愛ソングの歌詞の意味が分かったような感じがした。

一気に大人になったような気持ちだった。

周りには早熟な友人もいたが、私たちは比較的慎重であり、初めてのキスをするまで2ヶ月、セックスをするまで5ヶ月くらいかかった。

異性とは体の作りが違うということ、かわいい下着をつけると喜んでくれること、こんな自分でも相手を喜ばせることができること、幸せな痛みがあること。

お互いに全てが初めて知ることだった。

公園でいちゃいちゃし、カラオケボックスの死角で店員にバレないように体を重ねる。お金がある日は少し広めの漫喫に行き、声を堪《こら》えながら抱き合った。

回数を重ねるごとに性的快感というものを知り、さらに相手に夢中になった。

もちろん行為をするだけではなかった。

一緒に登下校をしたり、文化祭をまわったり、放課後プリクラを撮ったり、図書館で受験勉強をしたり、修学旅行では友達に冷やかされながら合流したりした。友達とうまくいかない時、家族と喧嘩した時、成績が伸び悩んでいる時、いつでもそばにいてくれた。

絵に描いたような青春時代を過ごした。

だがそんな私たちにも終わりはやって来た。

大学1年生の夏。違う大学に入り、いつからかすれ違うようになっていた。

高校生ながら「絶対この人と結婚するんだ」と思っていたし、絶対に離れたくなかった。でも3年間一緒に過ごした相手の気持ちが今までと違うことはすぐに感じ取った。

私たちは泣きながらいつもの公園で別れ話をした。初めての大失恋を受け入れることは容易ではなく、心にぽっかりと穴があいたようだった。

別れてしまっても日常は流れていくんだ、なんて当たり前のことに気がついた。

なんで隣にいないんだろうか。

どこを歩いていても思い出がまとわりついてきて、私の首を絞めた。

毎日泣いていた。


「いつか大人になって回り回って恋人に戻れたら幸せです」

とメールを送り、それきりになった。


大学時代は立ち直ろうとそれなりに恋をした。

サークルの先輩に憧れたり、同期といい感じになったりした。


年相応の性欲を持て余していた私は、宅飲みをして好きでもない同期に体を許したこともある。

大好きになった先輩のセフレになったこともある。

バイト先の人とカラオケでいちゃついたこともある。

男友達の浮気相手になったこともある。

セフレとかそういう関係が良くないことだとはあまり思わない。

でも頭の中のどこかには高校時代の彼氏がいて、

「そんな大学生みたいなことしないでよ」と悲しそうな顔をして言ってきた。

不毛な行為をした帰り道には、

「らしくないよ。純粋だったあなたはどこに行ったの？」と言ってきた。

誰を好きになっても、私の心の中には彼がいた。

誰を好きになっても、彼が全ての基準になっていたのだ。

心の中の彼とうまく付き合いながら日々を過ごし、それなりに遊び、楽しかった大学生も終わり、就職をした。

やがて職場で出会った人と結婚を前提に付き合い始めた。

もうその頃には頻繁に心の中の彼が出てくることもなく、いい思い出になっていた。時間は一番の特効薬、だなんてよくできた言葉だなと感心していた。

恋人はとても優しく穏やかで、何よりも私のことを大事にしてくれる人である。

たくさんの愛を注いでくれて、愛される喜びを知った。

全てを受け止めてくれて、「いろんなことがあったけど、ようやくここに落ち着くんだな」としみじみしていた。

そんなある日、高校時代の友人の結婚式が開かれた。

彼と別れて以来の再会をした。

お互い探り探りであったが、二次会に行く頃には周りの雰囲気のおかげかすっかり高校時代の私たちになっていた。お互いの大学時代の話、共通の友人の話、仕事はどんなことをしているかなど、話は尽きなかった。

私はたしかにこの人のことが大好きだったな、と心の中がじんわりとした。その一方で、彼が話すと煙草の香りがして、ああもう知らない人なんだなと距離も感じた。

「私たち大人になったね」と言うと、

「いや、あの頃が子どもだったんだよ」と返された。

子どもながらに真剣だったよ。

心の底から大好きだったよ。

「俺もあれからそれなりに好きな人ができた。でも高校時代を超える気持ちにはなれなかった」

私もずっとずっと何度も同じことを思ってた。

「明日の夜少し会って話そうよ。仕事終わり、車で迎えに行くからね」

「わかった。同棲してるから、夜遅くはなれないけど大丈夫だよ」

そう答え、二次会も終わり、恋人と住む家に帰った。

家で待ってた恋人を見るとなんだかほっとして、隣にくっついてみるとじんわり濡れてくるのが分かった。いつもより甘く恋人を求め、どうしたのと笑われながら抱いてもらった。

恋人のことが大好きだという気持ちを再確認し、眠りについた。

二次会での出来事に動揺していたのだろう。

次の日仕事が終わると、彼が車で迎えに来ていた。

私の恋人に心配させたら悪いから、と近くのコンビニでコーヒーを買い、車の中で話をした。

「昨日久しぶりに会って、考えたんだけど。結婚したいと思った」

素直に嬉しかった。あの辛かった頃の私が報われた。

でも私は言葉が出なかった。

「別れた頃にくれたメール覚えてる？　回り回ってまた恋人に戻れたら、って書いてあったんだけど、それって今なんじゃないかな」

車の中に沈黙が流れる。

たしかに私もそう思う。回り回った。いろんなことがあった。

今ならうまくいくんじゃないか。


でも。

「ありがとう。嬉しい。でも今の彼氏と結婚すると思う」


「そっか」

また沈黙が流れた。


しばらくして彼は笑って言った。

「きっと素敵な人なんだね。聞いてくれてありがとう」

家の近くまで送ってもらい、別れた。

大好きだった人は、また遠くに行った。

これでよかったのだ。

私の恋人は素敵な人だ。
でも正直、気持ちの強さ、思い出の強さは彼の方が大きく、一生忘れられない人であるだろう。

だから上書き保存なんて決してできない。しない。
ただ形を変えながら心の中にいる。

大切にとっておいて、
たまに思い出すくらいでちょうどいいのだ、と。

私たちはもうすぐ、家族になる

飼っていたうさぎが死んだ。

泣きながら電話した翌朝、彼は喪服姿でやってきた。

すごくブサイクだけどごめんね、と伝えていたけど、ボサボサの髪にパジャマ姿の私とは違ってさまになっていた。

こんな時でもかっこいいんだな、なんてぼうっとかんがえていると、腫らした目で膝を抱える私をぎゅっと抱きしめて、全然ブサイクじゃないよ、と泣きそうな声で言った。

コロナの自粛で会うのは1ヶ月ぶりだった。

彼と付き合い始めてから、飼い始めたうさぎだった。

辛いことも楽しいことも、全部一緒に見ていてくれた子だった。最初はなかなか彼に懐《なつ》かなかったけれど、半年もすると彼の後をついて歩くようになった。

私たちは3人でよく近所の公園に散歩にも行った。私に似て彼のことが大好きで、自分のものだとマウントを取ったりもした。

セックスをしていると必ずベッドに飛び乗ってきて、邪魔をしてきた。何度おろしても乱入してくるので、へんてこな3Pになってしまって、2人でいつも笑っていた。

私たち2人とずっと一緒だったうさぎは、死んでしまった。

急に、なんの前触れもなく、いってしまった。

あんなにあったかかったのに、

冷たく固くなって、骨になってしまった。

彼に倣って喪服を引っ張り出してきたけど、とても入りそうになかった。

彼と付き合う前、不健康でひどく痩せていたときに買ったものだった。調子に乗って細いの買いすぎたな、と愚痴《ぐち》ると彼が笑いながら手伝いを買って出る。

「だめだ、ファスナーこれ以上上がらないね」

「これはもう、ジャケット着て誤魔化《ごまか》すしかないかなぁ」

「Sちゃん、ずいぶん健康になったね」

茶毘《だび》にふしたあと、いつものようにベッドで2人丸まった。

あんなに泣いたあとなのに、キスをするとドキドキした。

今日はできないと思っていたけど、どちらからともなく求めていた。

胸に顔を寄せると彼の鼓動が聞こえた。

抱きしめるとあったかかった。声が、吐息が、彼をありありと感じさせた。

1ヶ月ぶりのセックスは気持ち良かった。でも、邪魔してくるあのかわいいうさぎは、もういない。

この一瞬さえも当たり前なんかじゃないことを、私たちは知ってしまった。

「ねぇ、Kくん。ずっと、あったかいままでいてね」

「うん」

「一人で冷たくならないでね。しわしわになって、よぼよぼになるまで、ずっとあったかいままでいてね。私より先に、いかないでね」

「Sちゃんもね。でも、もしSちゃんの最期のときは手を握っててていてあげる。僕も寂しくてすぐ会いに行っちゃうかもしれないけれど」

「ありがとう。でもきっと、ずっと、うんと先の話にしようね」

重ねた唇は、今までいちばん、しょっぱくてあったかかった。

私たちは、もうすぐ、家族になる。

幸せで、幸せすぎて怖くなった

はじめて2人で飲みに行った。

彼には他に好きな人がいることも雰囲気で分かっていたから、意識しないように、好きにならないように、気をつけていたつもりだった。

でも2人きりでいると、いつもは周りに合わせて愛想笑いばかりしてる私が自分らしくいられた。喋りまくる私に「あきれてるかな」と思うと、何も言ってないのに「大丈夫だよ」と優しく微笑んでくれた。

きっと、私は最初から、彼のことを好きになっていた。

飲みに行った帰り、優しい彼は家まで送ってくれた。

川沿いを歩きながら、オレンジ色の電灯に照らされる彼の横顔がとっても綺麗で、かわいくて、かっこよくて、いつまでも見ていたいと思った。


「家あがってく？」

「いいの？　じゃあ、おじゃまするよ」

家に誰かがいるのは初めてで、言ったあとに片付けをしていなかったことを後悔したが、彼はずっと微笑んでいた。

「汚すぎてひいてるしょ」

「思ってたよりは全然だったね」

普段あまり話したことがなく、こんな冗談も言うんだな、と新鮮だった。

私の部屋にはテレビもなく、ゲームもなく、ただ珈琲を飲むだけの時間をすごした。

暇だろうな、帰りたいかな、と思っていたら、ふいに、

「ハグってストレスが3分の1になるんだって。してみる？」

なんて言ってきた。

最初は誘ってるのかと驚いたが、彼ならいいかもしれない、と、そっと抱きしめた。

少し暗い部屋のなか、彼の匂いは心地よくて「あったかいね」という彼の声に安心して眠たくなった。

彼は何をするわけでもなく、抱きしめ合ったまま、気づいたら眠っていた。

とても優しい時間だった。

朝になって彼は帰り、それから数日して、彼は家に来て一緒にご飯を食べたりする日が増えていった。

この関係にモヤモヤした私は彼に「彼女になりたい」と言うと、「いいよ」と、ぎゅっとしてくれた。

それからの日々はとても、とても幸せだった。

彼と過ごす時間はいつだって楽しくて、彼が作ってくれて、一緒に食べるご飯はどんなお店よりも美味しくて、私の曖昧だった毎日に、彩りを、全てを与えてくれた。

一緒に手を繋いで、どこまでも歩いて散歩をしたり、浴衣を着て花火大会に行ったり、スイカを持って線香花火をしたり、初めてをたくさんくれた。

幸せで、幸せすぎて。

こんなことを知らなかった私はいつしか怖くなってしまった。

幸せなことが当たり前になりすぎて、何をしても許してくれる彼に甘えすぎてるんじゃないか。

彼は本当は違う人といた方が幸せになれるんじゃないか。

彼が居なくなってしまったら私はどうなるのか。

今まで感じたことのなかった不安を私は抑えられず、彼に八つ当たりをしてしまった。

いつかは終わるんだ。永遠に続かないなら、いっそ、と。

私は大好きなのに、別れたい、と言ってしまった。

「俺たち、もう限界かな」

彼の声色で、ああ、終わったんだ、となぜかその瞬間は安堵したのを覚えている。

同時にこの人と別れることが、こんなにも辛いのかと実感する。臆病になり、軽く口にしたことを後悔する。今更遅いのに。

彼の温もりをなくした私は抜け殻になった。
ご飯は味がしなくなり、出かけることが馬鹿らしくなり、酒と煙草も始めた。
優しい彼は別れた後も時々連絡をくれて、会ってくれた。
「ごめん、戻ってきて」と駄々をこねる私に、「気持ちって簡単に戻らないんだよ」と話すのを見て、もうあの時間は、自分で彼を傷つけ続けてまで壊した幸せは、戻ることはないのだと理解した。

あれから彼とは距離も離れ、連絡も彼から来ることはもうない。

時々来る「おやすみ」の通知に驚きつつ、嬉しくて画面を開こうとすると、夢を見ていたのだと気づく。

あのとき、臆病にならなければ。
不安を彼に押し付けず、向き合っていれば。

いつになれば、泣かない朝は来るだろうか。
彼の匂いも、声も、温もりも忘れてしまうときが来るのだろうか。

忘れるまでは、好きでいさせてね。

触れた、だけだった

深夜近く、大学生の僕らは手を繋いで帰っていた。

その子とは、学祭の打ち上げで酔いつぶれた勢いで一発ヤッただけの関係から始まった。

それ以来、酔いつぶれたらその子の家に泊まるのが習慣になり、多い時には週に3日以上セフレの家から通学していた。

お互い彼氏彼女もいたし、セックス以外は〝ただの〟友達っぽく接するというのが暗黙の了解だった。

人目のつく場所では身体が触れる事はおろか、挨拶も素っ気無いもんだった。

この日もいつものように悪ノリ混じりに酒を浴びるほど飲んだ帰り道だった。

狭い歩道を並んで歩いていると手が触れ、次の瞬間にはどちらともなく求め合うように手を絡めた。

「とうとう外で手繋いじゃったね！　こんなの久保ちゃんに見られたら一発退場だよ⁉」

やけにテンションが高く、手に力を込めてカノジョは訴えかけてきた。久保ちゃんというのは大学の拡声器だ。彼の耳にネタが入ると学内中に噂が拡がる。

「バレてるヤツにはもうバレてるっしょ。まあ、ヤバくなったら潔く距離置こうぜ」

そう笑いながら返した気がする。

カノジョは特にテンションを変えることもなく、握る手の強さだけ弱めて、笑いながら喋り続けていた。

カノジョの家に帰るとシャワーを浴び、借りてきたホラー映画をいつものように一緒に観た。

「きゃーこわいー」とかなんか言いながら抱きつきあい、そのままの勢いでベッドに入り込んだ。

気がつくと背徳感なんか消え失せるくらいに、何度も何度も腰を振り続けていた。

ホラー映画を導入剤にするホラーセックスが僕らのお決まりだった。そんな不純な日々は、就活のドタバタに紛れて消えていた。

今思えばとんだクズ達がいたもんだと思うが、当時の僕らにはそれが全てだったし自分達だけの事を考えれば愛おしい日々だった。


社会人になり、ひょんなことから4年ぶりに2人で飲みに行くことになった。

「久々だねー！　なんも変わらないじゃん！　いや、ちょっと禿げた？」

「もとからデコは広いんだよ。そう言うお前も老けたんじゃない？」

と軽く返したが、カノジョは何も変わっていないように見えた。ちょっと大人びたくらいで。

あの頃の思い出、最近の恋愛事情、会社の愚痴、そんな話で盛り上がっていると、

「私ね、実は、好きだったんだ……ほんと」

酔ったのか、赤い目をしたカノジョは唐突に言った。

不意をつかれて思わず持っていたグラスを落としかけた。

〝セフレ〟

そんな都合の良い呼び方をしてお互い本当の感情に蓋をしていた。喉元まで出かかった

言葉はのみ込み、

「マジかよさんきゅー！」

と中身の無い返事をした。


カノジョは背が高くて、痩せていて、ノリが良くて、勉強は平均点を狙って取りにいくような要領のいい子だった。

いつもニコニコ笑っていて、友達は多くも少なくもなかった。


そういえばセフレの関係が始まって数ヶ月で彼氏とは別れたらしかった。

バレンタインやハロウィン、クリスマスには「義理だよ」と言って手作りのチョコやクッキーをくれていた。


店を出て賑わう街に出ると、駅までの狭い歩道を並んで無言で歩いた。

「寒いな……」

呟いてみた。季節はもう冬だ。

「寒いね……」

おもむろにポケットから下ろした手がカノジョの手と触れた。

触れた、だけだった。

キスマークなんかより
ずっと残る印をつけた

「俺、ピアス開けたいんですけどお願いできますか？」

ある日突然来た彼からのメッセージ。

私の両耳には合わせて9つのピアスホールがある。

そのうち6つを自分で開けているのを知っているからだろうなと思いつつ、

「いいよ〜道具は教えるから自分で準備しておいてね〜」と軽く返した。

「彼」というのは大学のサークルの後輩だ。

元々顔がタイプで、話しかけてみたら趣味や価値観が似ていることがわかりトントン拍子で仲良くなった。好きになるのは時間の問題で、自覚した頃には相当気持ちは強くなっていた。

2人で出かけるのもザラだし、このまま距離を詰めたら付き合えるかな〜と思っていた矢先、彼からサークル内でしている片想いの恋愛相談をされた。彼の意中の女性には恋人がいたのだ。それでも諦められない彼の話を3時間にわたって延々と聞くことになった。

晴天の霹靂《へきれき》とはまさにこのこと。でもひたすら彼に寄り添った。ショックだったけどそうする他なかった。お酒は飲んでないのに、その日どうやって帰ったかも曖昧で、手足が冷たくて頭がぼんやりしていたことと、温かいものをとりたくて自販機で買ったおしるこの甘ったるさだけ妙に覚えている。

「マユさん以外には相談できません」「マユさん、あまり人と仲良くなりづらい俺でもほんと喋りやすくて」、その言葉通り、私以外誰も知らない彼の片想い。

幾度となく言われる「いつもありがとうございます。マユさんのおかげでだいぶ楽になりました」。

これらの言葉に私は喜び、苦しめられた。彼の一番親しい異性でいられるならなんでも良い。たとえ彼が私の気持ちに気づいてこの仕打ちだとしても、このまま優しくし続けて彼が弱りきった時につけ込めばこっちを向いてくれるのではないか。私は片想いの泥沼にはまっていった。

しかし、彼は略奪愛に成功し、片想いを叶えた。彼に踏み込む勇気もなにもなかった私は横でそれを眺めて祝うことしかできなかった。悔しくて悲しくてバカだなぁってしばらく泣いて過ごした。それくらいに彼のことが好きだった。たかが片想いなのに。

彼が片想いを叶えて1ヶ月半が経った頃だったか、ピアスを開ける日がやってきた。徒歩10分弱の彼の下宿へ向かう。

手を洗い消毒をして、彼に開けたい位置に印をつけてもらう。

トラガスとこめかみの中間位置に黒子《ほくろ》があった。彼のことを至近距離で凝視できるこの時間が嬉しくて切なかった。私が彼の恋人なら、別にピアッシングなんて用事がなくても彼を見て彼に触れられるのに。

消毒をしようと耳に触れると彼はくすぐったそうにした。耳が弱いらしい、少し赤くなっている。ちょっとだけからかって、いよいよピアッシングに移る。

「いくよ」と声をかけると彼の体に力が入るのがわかった。力《りき》まなくてもいいのに。そんなところまでがかわいく思えてしまう。

鋭いニードルをマーキングにあてがえば即座に鮮やかな血がぷっくり広がる。後ろに消しゴムを当て、今一度角度を確かめてから力を込めてニードルを進めていく。彼の耳たぶは薄くてすぐに貫通した。分厚かったり、ゆっくりしたら痛いよね。よかったね。手早くファーストピアスを取り付け、彼の耳に付着した血をピアスに触れないようにそーっと拭った。

「終わったよ」と声をかけると、「思ったより痛くないですね」とはにかんでいた。

恋人がつけるキスマークなんかよりずっとずっと残る印を私の手で彼につけたのだ。彼は私がこんな気持ちでピアッシングをしたなんて、微塵《みじん》も思っていないだろう。我ながら気味が悪い具合で情念がこもっている。

彼の耳のつけたての金属が鈍く光を反射している。それを確かめて、満足したような虚しいような複雑な気持ちで玄関を出た。彼にとってはきっと「ピアスを開けてもらった」以上の意味合いはないのだろうな、とどこか虚しくなった。所詮片想いなんて、片方が勝手に振り回されているだけに過ぎない。

その日、見送ってくれる彼を振り返らずに帰った。

私以外誰も知ることがなかった私の片想いと一緒に。

短い間だったけど、僕には彼氏がいた

大学1年生の時、短い間だったけど、僕には彼氏がいた。

その人は、大学のサークルの先輩で学部の先輩でもあったけど、僕は一浪して大学に入ったから「実年齢同じだよねー」とすぐ仲良くなった。

彼とは話も趣味も不思議と合って講義の空き時間やサークル終わりにずっと話していた。サークルがお酒の好きなサークルだったから沢山飲んだ。先輩とも2人で居酒屋やBARや宅飲みもかなりの回数をした。

10月頃のことだった。先輩の家でお酒を飲みながらスマブラをしてた時のこと。彼が「悩んでることがあんねん」と画面を見ながら真顔で言った。僕は何も考えずに「なになに言うて！　2人の仲やん！」と陽気に言ったのを覚えている。

彼は、長い沈黙をおいて、

「お前やから打ち明けるけど俺は同性愛者やねん。そんでお前のことが好きになってん」

と言った。

握っていたWiiのコントローラーを床に落とした。

わけが分からなかったし混乱したからだ。

数秒の沈黙の後に、僕は「やめてよー（笑）さすがに飲みすぎやって！　ちょっと下のコンビニで水買ってくるわ！」、茶化しながら立ち上がって部屋を出ようとした時に、右手首を先輩に摑《つか》まれた。

先輩はとても真剣な表情で、

「嫌ならいい。気持ち悪い思ったならそれでもいい。けど、俺の気持ちは本気やから」

いつもちょっとチャラけた感じの人の真剣な顔を見て何故《なぜ》かドキッとしてしまい、興味半分のような状態で付き合うことにした。

付き合い始めたと言っても特に生活が大きく変わったわけでは無いけれど、「性」に向き合わなければならなかった。

凸と凸。

自分にもついてる他人の物を舐めたり口に含んだりするのは、正直初めは違和感があった。

初めて彼に口に出された時のことは今でも覚えている。生温かくてドロドロしてしょっぱい様な変な味が口の中にドッ、ドッ、ドッと広がった瞬間に「やばい」と思った。トイレに急いで駆け込んだ。胃の中のものが全て出た。

しかし、人間不思議なもので何回もするといつの間にか馴染んでいった。

彼は何故か手慣れていて、あっという間に同性のセックスというものに堕《お》ちていった。

何度も2人で「男同士ってやばいよね」と言いながら求めあった。

そうして時は流れて、1年生最後の期末試験期間が始まり、レポートやら試験対策に追われ始めた。

彼は学部の先輩だったけれどちょっとアホだったから、レポートを書く時や試験対策をする時は同学年の友達といた。けれどどうしても行き詰まる時があった。

そんな時は決まって、彼の女友達のAが助けてくれていた。気さくで、「明るい人」という言葉を実体化したような女性だった。

期末試験が終わったあとから少しずつ、彼とAと3人で遊ぶことが増えた。買い物に行ったりUSJに行ったり3人でずっと居た。

その頃から、付き合っている彼と会う頻度よりも、付き合っていないAと2人で会うことが徐々に増えていき、心はゆっくりと彼からAに移っていった。

そして、1年生の春休みも終わりの頃にAと一線を越えた。

かなり長い間凸と凸だったために、久しぶりの凹と凸がかみ合うセックスに燃え上がった。そのまま僕はAに「付き合ってほしい」と言って付き合うことになった。

当然、彼ともケジメをつけなくてはならないと思い、次の日彼の家に行った。

その日も彼は「今日は何する?」と言いながら僕を家の中に通そうとしたが僕は玄関で、Aとのことと別れてほしいことを話した。殴られる覚悟のうえで話した。

Aとのことを話し終え最後に「ごめんなさい」と言おうとすると、彼は「目を閉じろ」と言った。

殴られるなと思った。

けれどこれは殴られて当たり前だと思ったから静かに目を閉じると、頬ではなく額に軽い痛みがあった。目を開けると、デコピンをし終わった後の手と真顔の彼がいた。

彼は、「そっか。２人でそういう関係になったか。会わさんやったらよかったな。けどお前が選んだんなら大切にしたりや？」と言った。

そして、僕の肩を摑み回れ右させて「今日は疲れたわー今までありがとな。今後は会わんようにしよな。家、気をつけて帰るんやで」と言って勢いよく僕を扉の外に出した。

されるがままだった僕は、戻ろうとしたがその瞬間、扉の内側からドンっと殴る音がして、彼が「帰れって言うたやろ！　今後幸せにしたるんはだれや！」と叫んだ。彼のそんな声を聞いたことは無かった。僕はその場から去るほかなかった。

Aとは今でも続いている。来年就職なので卒業したら一緒に住みたいと話している。

しかし彼とはあの時以来疎遠になって、サークルからもいつの間にかいなくなり、大学内で会うこともほとんど無くなってしまった。

彼に最後に言いたかったごめんなさいを、今も伝えられずにいる。

来世はこんな重たい感情など知らずに、誰にでも股を開ける女になりたい

恋人という言葉が嫌いだ。結婚という言葉が嫌いだ。セフレという言葉が嫌いだ。街中で腕を組む男女が嫌いだ。恋バナ？　する相手も出来る場所も私にはない。これまでもこれからも、私の人生に登場しない概念だから。

中学生の頃に、一人の女の子を好きになった。どこにでもいる、パッとしない子だった。でも優しい子だった。誰にでも。

きっかけなぞもう覚えていない。それでも私にとっての唯一だった。それからずっと、私は片恋を拗《こじ》らせている。

墓場まで持っていくつもりだった想いは、ふとした拍子に転げ落ちた。幸いにも彼女は差別主義者ではなかったようで、同性のあなたを好きだとほざく私の話をちゃんと聞いてくれた。

みっともない告白だった。ドラマチックでも何でもなかった。好きだ、本当に好きだと、馬鹿みたいに繰り返した。今どきJ－POPでもそんなにストレートに歌いやしない。

ひたすら謝った。好きになってごめんと。こちらこそごめんと彼女も謝った。お互いに謝り通しで空気が悪くなるばかりで、だけど2人とも冷静じゃないので、つい繰り返す。

もし他の人と結婚することになったら、招待状は送らないでくれとも言った。新郎新婦その他大勢を巻き込んでの自爆テロを起こす自信がある。加害者と被害者になりたくはない。何より彼女が可哀想だ。

それでも彼女は優しいから、答えをくれた。

あなたは友達として好きだ。

だが、あなたをそういう目では見られない、と。

家に帰ってすぐ、アダルトグッズの通販サイトを開いた。初心者用のディルドと、衛生面を気にしてコンドームをカートに入れた。

あの瞬間、私は生涯処女であることを決めた。

だが年齢相応の性欲がある。将来もある。今後どうなるかわからない。きっと、彼女も私も、お互い以外を選んで添い遂げた方が幸せになれる。何なら彼女の選択肢の中に、私は最初からいないのだ。

だけどそれではあまりに悔しい。

だから。どちらかがいつか誰かに抱かれることになる前に、自分で処女を散らしてしまえと思った。

処女という言葉が、性行為をしたことがない人を意味するのは知っている。

それでも、私の初めては好きな人に捧げたかった。なけなしの乙女心を、独りよがりだと笑いたければ笑うがいい。

1週間くらい後。届いたディルドに、初めて実物を見たコンドームをつけて（後で裏表が逆だったことに気づいた)、自分で慣らして自分で突っ込んだ。

それだけだった。だが、それが大事だった。


ディルドを挿入するのには相当時間を要した。当然だ、入れるものは己の指1本が精一杯の処女だったのだから。世の女性はこんなものを夜毎に股に入れるのか、みたいな感動すら覚えた。


それまで1本しか入れたことがなかったくせに、1本、もう1本と指を増やした。股の間がギチギチいっていた。だけど、いつもより満たされている気がした。

もう入るなと確信を得てからディルドをあてがった。


正直痛かった。圧迫感がすごかった。人体の神秘を感じた。でも、思ったよりかは気持ち良かった。

よく入ったものだと自分の身体を褒《ほ》め称《たた》えたい気分だった。

気持ち良さはいつもの半分以下だったけれど、達成感はひとしおだった。

男性の象徴を模したシリコンに貫かれながら、大好きな女の子のことを考える。何をやっているんだろうと思った。

これは儀式だった。彼女を抱くことも彼女に抱かれることもできない私の、性行為だった。そういうことにしておかないと、あまりにも自分がみじめに思えるから。

だって仕方がない。

自慰に耽《ふけ》るとき、妄想の中の相手は男のときもある。女を抱くときもある。元々どっちでも良かったのかもしれない。その気になればきっと、私は男に抱かれることを選べるのだろう。

けれど、実際にするのなら彼女以外は考えられなかった。

彼女が男に抱かれることを考えると、罪もないのに男性が憎くなる。彼女が家庭を築くことを考えると、家族連れや妊婦さんでさえ憎悪の対象になる。本当に申し訳ないけれど。

どうして男に生まれなかったのだろう、どうして彼女の恋愛対象になれなかったのだろう。

ずるい。当たり前に相手を選べる人間が、当たり前に性欲に流されることの出来る人間が、男女というだけで一緒になれる人間が。それを認める社会が、風潮が、憎くて仕方がなかった。

浮気できる人間が羨ましい。不倫できる人間が妬《ねた》ましい。ちょっといいな、で相手を乗り換えられる軽さが、喉から手が出るほど欲しかった。

彼ら彼女らが唯一を知らないのか、私の頭が固すぎるのか。恐らく後者だろう。そしてそれが、どうしようもなく苦しい。

私の中にあるのは、彼女への恋慕。同性を好きになる難しさへの嘆き。そして、貞操観念の緩い人間への憎悪と羨望だ。

右手でディルドを動かしているとき、泣きたくなった。これが彼女の指ならいいのにと、陳腐なことを思った。私の知る彼女の身体は、ハグしたときの温もりと、手を繋いだときの感触だけだった。

でも、私はそれを何度も頭の中で再現する。それしか知らないから。

彼女の唇も、裸も、喘《あえ》ぎ方も。私は何一つ知らない。彼女はきっと望まないから、私から求めることはできない。

それでも考えずにはいられなかった。

可哀想だ、私などに汚されて。

でも気持ち良いものは気持ち良かったから、結局最後はディルドを抜いて、己の指を彼女のそれに見立ててイった。その後はめそめそと泣いた。

いつものことだった。

彼女のことを好きでいる限り、私は満たされないのかもしれない。

でも、いつか気持ちは変わるよなんてほざく奴らは滅多刺しにしてやりたい。

そりゃあ私はまだ酒も飲めないガキだけれど、変われるならとっくに変わっている。

彼女は優しいので、私を見捨てないでいてくれる。何なら今度会うし、一緒にゲームもする。

私が愛したのが、男っ気が微塵《みじん》もない女の子で良かった。嫉妬も覚悟も当分先に回せるから。

彼女がバイトをしない人で良かった。バイト先の人間とセックスしようもんなら、それを知った瞬間私は首を吊《つ》る。

大学を卒業したら、いつか同居しようという話もした。私が彼女に性欲を抱いていることを知っているのに、すごい度胸だ。本当にわかってんのかこいつ。

もちろん手を出さない自信はある。儀式をしても相変わらず私は処女で、2人でする性行為のやり方もわからないから。

もういい。疲れた。死ぬまでに一度彼女を抱けたらそれでいい。

来世はこんな重たい感情など知らずに、誰にでも股を開ける女になりたい。

純猥談をよく見ている僕の彼女へ

僕は彼女が好き。

でも彼女は、僕が彼女を思うほどには、僕のことを好きではないのだと思う。

彼女と付き合い始めたのは2年半前。共通の友人からの紹介だった。当時僕は25歳、彼女は20歳だった。

彼女の明るくてよく笑うところ、僕の話を楽しそうに聞いてくれるところ、そしてたまに見せる真剣な表情にすぐに惹かれた。

学生と付き合うことや歳の差に抵抗はあったけど、一か八かで告白をしたら「いつ言ってくれるかずっと待ってたよ！」と笑顔で答えてくれた。

僕には3年ぶりの恋愛だった。


付き合って1年経つころに彼女は大学3年生になった。もともと綺麗だったけど、どんどん大人の女性になっていく。不安もあるけど僕らは順調だった。結婚の話もするようになった。


新学期が始まると同時に彼女は大学のゼミに入った。

派手な同期が多いいわゆる飲みゼミらしい。大学4年間を研究に費やした理系の僕とは対照的だ。

彼女も「飲み会ちょっと怖いな」と最初は言っていたけれど、すぐに彼女の話はゼミの話題が中心になった。特に同じグループになった「A」の名前がよく出るのが気になる。

ノリも良く、明るくて綺麗な彼女はゼミでもすぐに人気者になったはずだ。


ゼミに入ってから、彼女が僕の家に遊びにくるのはべろべろに酔っ払った後が多くなった。飲み会でしこたま飲み、終電を逃すとうちに来て僕とセックスする。

「A」の家が僕の家と近いらしく、彼が彼女をうちまで送ってくれたこともあった。僕よりはるかに今時で、ちょっとチャラそうな、感じの良いイケメンだった。「いや。A帰んないで」と彼女は酔っ払って泣きながら言っていた。

「A」が帰ると、彼女は今度は僕をセックスに誘った。

酔ってる彼女を抱くのはつらい。朝起きたら何も覚えてないし、そのセックスも誰としてるつもりなのかわからない。

「僕のこと好き？」

「うん」

「どこが好き？」

「……私を好きでいてくれるところ」

こんなやりとりをもう何度もしている。僕は彼女をどきどきさせたり楽しませる存在ではなく、ただの安心材料なのだろう。

僕はそのうち大好きな彼女に振られるんだと思う。こんなに好きな人に出会うことはないと思うので、彼女を逃すと一生独身のままかもしれない。

彼女を本気で笑わせる話術も、海外旅行に連れて行くような自由な時間も、僕にはない。

セックスだって満足させられている自信はない。

けど、彼女が僕がいることで少しでも安心できるなら、僕にできることはそれしかないから。今日も僕は彼女の帰りを待っている。

助演のわたし

彼には4年付き合っている彼女がいる。

黒髪で、秀才で、わたしよりも地味な女の子。会えるのは2週に一度だという。遠距離恋愛だった。だからって、何とは言わないけど。ただ一つ言えるのは、わたしと彼の関係はたかが知れている。それ以上でもそれ以下でもなく、わたしたちはセックスフレンドだ。

2回目のサシ飲みの帰り道に、酔った勢いでキスしたのが罪の始まりだった。とろけた頭の奥は意外と冷静で、あんまり気持ちよくないなあなんて最低なことを思ったっけ。

その夜を皮切りに、わたしたちは仕事帰りに落ち合って、彼の車の中でキスをする仲になった。舌を入れたり耳を触ったりする彼をなんとなく受け流しては、受け入れて。キスはいまいちだったけど、キスをしている事実が気持ち良いから、わたしは彼に付き合った。

セックスをしたのはキスから2週間後。酔った勢いじゃなかったから、わたしたちは確信犯だった。「抱いたら戻れなくなるよ」って彼女のことをちらつかせるわたしに対して彼は「僕が全部悪いから」と言った。

その言葉の割に、反省の色がない顔をしてたのがやけに印象的で、この男、見かけによらずゲスなんだなあなんて思ったっけ。でも言質《げんち》をとったらもうわたしには関係のない話だったから、そのままベッドに縺《もつ》れ込んだ。

セックスは65点。身体の相性は悪くはなかったし、最中に耳元で「好き」って囁いてくれるのは気持ちが良かった。笑顔でわたしを攻め立てる彼を見上げながら、ああ、この人は彼女にもこうなのかな、なんて思ったりして、ちょっと興奮した。

彼は平気でわたしにキスマークをつけたから、困らせてやろうと思ってわたしも首筋に嚙《か》み付いてみた。「見えるとこはダメです」って笑う彼に、内心そうじゃないだろと悪態をつく。ふつう、彼女にバレる心配とかするんじゃないのって言ったら、それもそうかなんて笑ってた。よくわかんないね、君って。

2回目のセックスの時、彼はわたしと彼女との間で揺れていると言った。信憑性《しんぴょうせい》がなさ過ぎて彼はわたしをつなぎとめようとしているとしか思えなかったけど、どちらにせよ感情論に根拠なんてないから、すぐに思考を放棄した。どっちだって良かったの。深入りして傷つくのは、わたしの方だって分かってたから。

セックスの回数を重ねるたびに身体は気持ち良くなった。裏腹に、だんだん心が乖離《かいり》していった。何度わたしを抱いても彼が彼女と別れることはなかったし、最中に好きと言われるたびに、嘘をつけという気持ちになったから。ていうか、わたしを次点にしてまで側に置く女って、どんな子？

この好奇心が多分、わたしを殺したんだと思う。
わたしは彼のインスタグラムの友達欄から、彼女らしき人を探し出した。出身と所属大学、名前が一致した女のインスタのアイコンは、自分とキャラのぬいぐるみのツーショット。簡単に言えばわたしとは真逆の女だった。その時ふと思ったの、きっと彼はわたしを選ぶことはないだろうなって。そうなったら全部うざったくなった。助演女優なんてまっぴらごめんだよ、わたしのこと、そんなふうに消費しないでほしかったのにな。

これを書いている今も、わたしと彼はセックスフレンドだ。わたしが3月に職場を辞めるまでこの関係は爛《ただ》れながらも続くだろう。きっとわたしたちは寂しいだけなの。心の穴の形が一緒だっただけ。薄々気付いてたの。それでもいいよ、満たしてくれるなら。

ごめんね、彼女。
わたし、悪い女なの。

好きって言ってくれなかったくせに

Aのことを好きになったのはいつだっただろうか。

Aと初めて会ったのは、大学2年生の夏に俺がある学生団体に入った時だった。Aはその団体の副代表をしていた。

最初は、学生団体の副代表をこんなおっとり系の子が？　と思っていたが、自分の意見を持ちつつ、全体をとりまとめるのが上手で、なおかつ細やかな配慮も欠かさない。周りから推されてなったというのもうなずけた。

基本的にAと会う時は他のメンバーも一緒だったが、たまたま活動の終わりに2人で夜にラーメンを食べに行ったことがあった。

俺は自分の意見をはっきり言ってしまう方で、皆と反対の意見を言うことに迷惑してないかと聞いてみたら、「君は理由があったうえで意見してくれるから。表面上はうんって言ってる人たちより、ずっと信頼できるよ」。Aはそう言って笑った。

その日のことがきっかけになり、たまに2人で飲んだりするようになって、徐々にAは普段言えない愚痴や相談をしてくれるようになった。

だが、友達関係以上に距離が縮まることはなかった。

解散はいつも24時前。最初の頃に、送って行こうか？　と聞いたが笑って断られてしまったため、その後はなんとなくいつもと同じ踏切で別れた。

今思うと俺はその時からAを好きになりかけていたのだと思う。というか、なっていた。

Aは、大学に入ってすぐくらいに彼氏と別れていた。Aは可愛くて性格も良いので結構モテていたが、アプローチした男は皆ことごとくかわされる。どことなく俺には心を開いてくれている気がしていたが、そこに異性としての好意は感じられなかった。

この関係を壊したくない気持ちと、ダメ元でも伝えたい気持ちが入り混じって、悩む日が増えた。

そんな時に、Aが半年間海外に留学に行くことが決まった。

留学に行く前に、最後に2人で飲もうとなった時、俺はふられる覚悟でその日に気持ちを伝えようと決めていた。学生団体を引退したAと会ったのは久々だった。

9月頭の、夏の終わりを感じる涼しい夜。帰り道に公園の前を通りかかって、Aがもうちょっとだけ、と言ったため、ブランコに座りながら少しだけ話すことになった。

会話が途切れたタイミングで、話したいことがある、と俺が切り出した。

そこで意外なことが起こった。

Aが「私も話したいことがあるんだけど、良い？」と。

心臓が跳ね上がった。もしかして、Aも？

だが、Aが続けた言葉は俺が想像もしていないようなことだった。

「実は私ね、ずっと言ってなかったんだけど、〇〇と付き合ってるんだ」

〇〇は、俺たちと同じ学年で、団体の代表だった。

俺はあまりのことにびっくりして言葉を失った。

「〇〇、他の大学に彼女いるって言ってるじゃん？　あれ、嘘なの。本当は私と1年生の終わりくらいから付き合ってるんだ。君のこと信頼してるし仲良いと思ってるから、ずっと嘘ついてるのも悪いなって思って、それで……」

途中から、半分聞いてなかった。

隠されていたことにも、Aが好きでずっと見ていたのに気付かなかった自分にも、このタイミングで俺に話してきたAに対しても、裏切られたような、怒りのような、泣きたいような感情が湧き上がってきた。

やっと絞り出したのは「そっかー。びっくりだな。本当に全然気付かなかった。頑張って隠してたんだな」という言葉だった。


「正直私はバレてもいいんだけどね。相手が言いたくないって。だから、君に話したことも内緒ね」

Aは、俺の気持ちも、俺がその日何を言いたかったのかも、分かっていたんだろう。

俺の話が何だったのかは聞いてこなかった。


そのままAは留学に行き、俺は空虚な気持ちで半年間を過ごしていた。


半年後、Aが帰国した後、急に連絡が来た。

「今から会えない？」と。

聞いたよね？　と彼女が切り出した。

○○が同じ団体の1つ下の子と付き合いだした、という噂を聞いていた俺はうなずいた。

「本当に誰一人、私たちのこと疑ってなかったんだなって。おかげでこの1週間は、好奇心剝《む》き出しで後輩と○○の話をしてくる皆に、笑顔張り付けて、私も知らなかったんだよーびっくりだよねーって繰り返すだけの女になってたわ」

Aは半分笑いながら話していたが、目の奥が虚《うつ》ろだった。

大学院に進学することを決めていた俺は、それからしばらくは院試の勉強に没頭していた。

無事第一志望の大学院に受かり、Aは「お祝いしよう」と言ってくれた。

たまたまAが留学に行く前に最後に話したのとちょうど同じくらいの、夏から秋に移り変わる時期だった。

居酒屋を出て歩いていると、1年前にAと話したあの公園があった。また同じようにブランコに座って話をしていた。

どうやら、○○と後輩はあまりうまくいってないらしい。

そして〇〇はAに、暗にやり直したいと言ってきたそうだ。

「こいつ、何言ってるんだろうって。毎日忘れられなくて泣いてたし、何度も私のところに帰ってきてって思ってたのに。ほんとに好きだったら、やり直そうって思うのかなあ」

俺はなんて言ったら良いのか分からず、Aを衝動で抱き寄せてしまった。Aの身体が一瞬強張ったが、拒否する感じではなかった。

無言で手を繋いで、2人で俺の家に帰った。誰かに見られたら、ということも考えたが、別に困ることはなかった。

そのままAと身体を重ねた。めちゃくちゃ気持ち良かった。

もしかしたら演技も入っていたかもしれないが、俺も経験がないわけではなかったから、Aが声を抑えようと必死だったことも、何度か達してしまっていたことも、演技だけじゃないことは感じていた。

終わってからも、離れたくなくてずっとくっついていたら、Aが静かに涙を流していることに気付いた。

びっくりして「ごめん。嫌だった？　痛かった？」と聞いたら、違うの、とAが慌てて言った。

「〇〇とは、一回も大学の近くで手を繋いだこととかなくて、そういうのがきっと寂しかったんだなって」

泣き続けるAの頭を撫でながら、愛おしさと、俺の腕の中にいるのに、それでもなお〇〇の話をするAに対する悲しさが同時にきた。

気が付いたらAはそのまま寝てしまっていた。

それからAが、翌年の夏に大学を卒業するまで、月に1回くらい会って身体を重ねるようになった。

Aの卒業が迫ったある日、Aの家で過ごしていたら、俺のものではないコンドームの袋の切れ端を見つけてしまって頭の中がカッと熱くなった。

その日は、もやもやが冷めきらぬままことに及んだ。

今までしたことがなかったが、挿入しながらAの首に手をやり、軽く力を込めて絞めてみた。嫌がるかと思ったが、一瞬苦しそうな顔をしたあと、目でもっと、と言ってきた。

こういうことをされるのが、初めてではない反応だと思った。

Aに過去同じことをしたであろう男の顔を想像しかけて振り払った。

Aは〇〇と別れてからも会っていたのだろうか。

俺が知る限りは、なんだかんだ〇〇と後輩は、少なくともAが卒業してからもしばらく続いていた。

Aは卒業して就職のために東京に引っ越して行き、全く会わなくなった。

俺はというと、大学院にいる間に1人彼女ができたが、1年くらいで別れてしまった。

そして、卒業して東京の会社に就職した。

新卒の研修が終わって落ち着いた頃にAに連絡してみたら、勤め先が割と近く、仕事終わりに会おうということになった。


2年近くぶりに会うAは、大学生の時よりずっと、綺麗になっていた。

それでも俺の名前を呼ぶ声や、どこまでも優しく人を包み込むような雰囲気は変わってなかった。

飲みながら、大学の同期の近況や仕事の話はしたが、どちらも恋愛の話は一切触れなかった。


最後駅まで歩く道すがら、俺は何を思ったのか、

「結局Aは俺とは付き合ってくれなかったよなー」と言ってしまった。

すこし先を歩いていたAはふりかえらずに、

「よく言うよ。好きって言ってくれなかったくせに」と笑いながら言った。


頭を殴られたように思った。

そうだ、俺は一度もAに好きと言っていない。

思いを伝えようと決意した2年前でさえ、言っていない。

その言葉をちゃんと言えていたら、何かが変わっていたのだろうか。だとしたら、いつのタイミングだったのだろう。

その後、Aとは会わなくなって、連絡も取っていない。

最近人づてに、Aが同じ会社の人と入籍したと聞いた。

大丈夫、私は幸せになれる

付き合っていた人とぐだぐだな別れ方をして、しばらく恋愛からは距離をおこうと決めた春だった。

私は本能に従順で春だから、それはもう盛っていた。

やりたい。けど恋愛は面倒。サクッとやらしてくれる人を毎日マッチングアプリで漁《あさ》っていた。

すると雪山をバックにスキーウエアを着て爽やかに笑っているザ・好青年を見つけた。

年齢が近く、距離も近い。しかし顔がタイプじゃない。

一発やれればもうけもん。と軽い気持ちでハートを押す。

そのアプリでは複数人と連絡をとっていたがなんとなく気乗りせず会うことはなかった。でもその青年とだけはなぜか馬が合い、話が弾む。体を重ねることだけを目的としていた私としては拍子抜けだが、色っぽい話題が出るわけでもなくトントン拍子で会うことになった。

会う当日、実は悪い人だったらどうしようと私の中の純情世間知らず乙女が不安を募らせる。

待ち合わせ場所に着いたとスマホが鳴る。もう後には引き返せない。

声をかけられ振り返るとアプリの写真のまま、爽やかに笑う青年がいた。

その日は普通にデートをして、ごはんを奢《おご》ってもらい、駅のホームまで見送ってもらった。彼は落ち着いているのに人懐っこい性格で常に笑わせてくれて楽しい時間だった。

しかし抱かれる気満々だった私はまたも拍子抜けし、午後9時には自宅の最寄り駅に着いた。自分に性的魅力が無いのかと電車の中で悶々《もんもん》と考えた。

今まで付き合った人とは先に体の関係を持ってからだった。

私にとっての武器は〝オンナ〟であること。

可愛いオンナの格好で、相手の喜ぶ反応をして、愛想よく、床上手。

そこには、私じゃないといけない理由がなく、よく一人で泣いていた。

今回彼と寝られなかったのは最大の武器である〝オンナ〟であることの否定と感じ、自分を守っていたものが崩れていく気がした。

異性の前では絶対に口にしないストロングゼロを手に取り、ハイライトに火をつける。満たされなかった承認欲求と性欲でどろどろした沼にはまっていく。

荒《すさ》んだ気持ちでスマホを見ると彼から私が無事に帰宅したか確認のLINEが入っていた。そして次のデートのお誘いも来ていた。

彼は正真正銘見かけ通りの爽やか好青年だった。

彼からの連絡に心が弾む。仕事で忙しいながら、合間を縫って返事をくれる。その健気《けなげ》さが自分に向いていることが嬉しかった。

デートを重ね交際に至った。

交際してからの日々は本当に楽しかった。これまでの荒んだ生活やひねくれた性格が彼によって自然とあるべき姿に収まっていった。

彼が優しくしてくれるだけ、私の性格は丸くなる。

彼が尽くしてくれるだけ、私は彼の気持ちを追いかける。

私の砦《とりで》ではなく芯の部分を優しく丁寧に愛してくれる。

季節の移ろぎを共に過ごすうちに気持ちが好きから愛に移ろいでいった。

今は隣でふたつの寝息が聞こえる。

この満ち足りた日々を一生この人と過ごしていくのは私にとって棚からぼた餅みたいな出来事だ。


あの日の私が思いもよらなかった未来を私は歩んでいる。

大丈夫、私は幸せになれる。

初めて、男性がうちの家に来た

初めて、男性がうちの家に来た。

ドアを開けると写真で見た顔がこちらの様子をうかがうように笑っていた。

私は（思ったより可愛い顔してるな）と思いながら、「はじめまして」と言って5つ下の大学生を家に招き入れた。

彼は私がお使いを頼んだコンビニスイーツを差し出して、「はじめまして、おじゃまします」と靴を脱いだ。どうやら初対面の人の家に入るのは慣れている様子だ。

彼とは1週間前にアプリでマッチングして、何度か長電話しただけで直接会ったのはその日が初めてだった。
暇だ暇だと連絡があったので、私が「落ち込んでるのでくっついて昼寝しませんか」と言って家に誘った。

買ってきてもらったスイーツを食べながらたわいない話をしている間も、彼の携帯は頻繁に通知が鳴った。何人もの女の子と連絡を取っていて、恋愛相談に乗ったり、そのうちの何人かの家にも行っているらしい（本人曰《いわ》く「何もしてない」らしい）。

確かに彼はハーフにも見える綺麗な顔立ちをしていて、共感力が高く聞き上手。一方で自分の話をするときもめんどくさい自慢やアピールなく話してくれる。（これは女の子を依存させるタイプだな）と思いつつも、私も居心地が良かった。

そんなとき彼の携帯に1件のＬＩＮＥが届いた。

【この前会ったとき、ごめんって言ってくれてありがとう！】

不躾《ぶしつけ》にも画面を覗き込んで「何これ？　どういう意味？」と聞く私。

話を聞くと、バイト先の後輩の女の子に先日告白されて、断ったものの一度ヤってしまい、そのあと面倒になって連絡を返していなかったと。久しぶりにシフトが被《かぶ》って顔を合わせることになり、気まずくて「忙しくてＬＩＮＥ返せなかった、ごめんね」と謝った。

それに対する「ありがとう」のようだ。


忙しいはずがない。

忙しければアプリでマッチングした複数の女の子とマメに連絡を取り合って家を渡り歩くはずがない。

すると、既読をつける前に続けてＬＩＮＥが来た。


【もう相手するのめんどくさいと思うけど、最後に伝えたいことあるから言うね！】


不穏な空気を察知して私は盛り上がった。

「やばいよ、告白くるんじゃない⁉」

彼はため息をついた。

「嫌だなあ……長文くるよ……もう申し訳ないんですよね……」

案の定、続いて告白のＬＩＮＥが来た。

【わたしは先輩が好き！　いつかちゃんと告白したいなって思ってた。でもダメなの分かってるし、これで最後にする。わたしにとっては先輩以上の人はいないからしばらく忘れられないかもしれないけど、バイトとか勉強がんばるね笑】

彼は既読をつけないように画面を器用に長押しして、何度も読んではため息をついている。

「良い子なんですよ、でも良い子すぎて……俺がこんなアプリで色んな女の子と会ってるクズって知らないんですよね。この子にはもっといい男と出会って幸せになってもらいたいんですよ……この子、泣いてるのかな……」

ずいぶん勝手だなと思った。

「大丈夫だよ、まだ若いし忘れられるよ」と5つ下の男の子と6つ下の女の子の恋愛に慰めにもならないような言葉をかけながら、私は彼女につい先日の自分を重ねていた。

数ヶ月前、たまたまバーで出会った男の人にデートに誘われた。
気づいたら好きになっていて、向こうが体を求めてきても「付き合ってから」と駆け引きしてみたりした。ヤりたい気持ちが溢れそうでいつも会った瞬間から濡れていたけど、私は彼の本命になりたかった。

告白めいた電話をした1週間後、彼から電話があって「悩んだけど恋愛感情じゃない。友達としてまた会おう」と言われた。電話口で大号泣した私は何をとち狂ったのか「最後に記念にヤりたい」と言って、その後すぐに最後のデートの予定が決まって、そのまま一夜を過ごした。

ずっとずっとヤりたかった、大好きな人とのセックスは本当に楽しかった。愛しくてたまらなくて、気持ち良くてたまらなかった。

ただ、それまで毎回のデートの帰り道にどちらともなく指を絡めていた手は、繋げずじまいで別れた。

振られた電話口でたしか私は、「仕事がんばるね」と泣いた。

それより頑張らなければいけないのは、振られたことを受け止めることや彼を忘れることで、本当は次の男を見つけて遊び散らかして気を紛らわせたかった。負け惜しみでも「すぐに次の男見つけるから」と言ってやりたかった。でも、何かをまだ期待していたのか、健気《けなげ》で清楚な女をまだ演じて、「仕事がんばるね」と言った。他の男は考えられないと暗に伝えることで、いつか本命になれるんじゃないかと望みを残したかった。

目の前の綺麗な顔の男の子に恋をしている若い女の子がなぜ「早くいい人見つけるね！」ではなく「バイトとか勉強がんばるね」と言ったのか、私には痛いほど分かった。

男の子は「なんて返そう？」と無邪気に私に聞いてくる。

なんて返しても、彼女が辛いのには変わりない。

そして彼女が狂いそうなほど手にしたい「彼との2人の時間」「彼からすぐにLINE

が返ってくること」を、努力もせず望んでもいないのに手にしている私が、アドバイスできることなんてあるわけなかった。

苦し紛れに、「丁寧に返してあげたらいいと思う。きっと一生忘れられない文章になるよ」とだけ言った。

彼は別に私のアドバイスなんて聞いてないようで、勝手に文章を作り始めていた。

「このままＬＩＮＥがダラダラ続いてもだるいんですよね。一番辛いのは相手だって分かってるんですけど、俺も辛いんですよ」

彼は苦しそうな顔をして見せたが、私もこんな風に好きな人に思われていたのかなと思うとやるせなかった。

混乱していたのか、誰かに復讐したかったのかもはや分からないけど、私は彼に尋ねていた。

「辛いよね。大丈夫？　おっぱい揉《も》む？」

さっきまで辛そうな顔をしていた彼が一瞬固まって、ニヤリと笑ってから、

「……揉む」

と呟いて手に持っていた携帯を伏せた。

女の子に返事をし終えたのかし終えていないのかは分からなかった。

どちらともなく（どちらかというと私が誘導して）ベッドに移動した。布団に潜り込んで、おっぱいを押しつけてキスをした。

彼の手が控えめにおっぱいに伸びてくるのを待って、「柔らかい……」と呟くのを聞いてから、首や胸や腰回りを指先でたどって、相手のベルトを緩めてパンツの中に手を潜り込ませた。どんな風に触れば気持ちいいのか聞きながらあそこを触った。どんどん固く、長くなっていった。

男の子のキスは上手くもなかったし、タバコのせいで体臭もキツかったし、ちんこだって形がいいわけでもなかった。

こんなの何がいいんだろう？　と思ってしまった。

私の好きな人は、キスも良かったし、タバコも吸わないし、体臭も香水のいい匂いがしたんだよ。普段鍛えてるから汗の匂いも爽やかだった。ちんこはまっすぐですぐに勃《た》つし、長さも太さも丁度良くて、正常位でキスをねだったら、わざわざ動きを止めて目を見て優しく微笑んで、頭をなでてキスしてくれたんだよ。

「やーめた」と言った。

「時間切れ、そろそろ帰りな」

集中力もなくなって、自分に性欲が全然湧いていないことに気づいてギブアップした。

男の子のちんこは立派になっていたけど、私はテントを建てるように彼のベルトをもう一度固く締め直した。男の子は目を点にしてしばらく固まっていたけど、「一番辛いやつ……」とだけ呟いて、言い返してくることもなく素直に上着を着始めた。

帰り際、男の子は「また、来たいです」とじれったそうに言って、家を出たあともすぐにLINEで「また会いたいです」と送ってきた。

「うん！　でもその日の気分かな」

「気分が乗ったときでいいです」

それ以上LINEを続けるつもりもなかったし、次があるのかでいうと微妙だなとぼんやり思っていた。

初めて男性がうちの家に来て、帰っていった。名残惜しさも寂しさもない。タバコの匂いが残っているような気がして、大きく窓を開けて換気をした。冷たい空気が体をすり抜ける。

本当はこの男の子を呼ぶ前に、好きな人をこの家に呼びたかった。遊び慣れた私はもう純粋な女の子のようには戻れないから、せめて小さな初めてを好きな人にしたかった。

私何やってんだろうな、という声が何度も何度も自分の中でこだまする。

2019年10月、誰にも言えないバンドマンとの恋愛について書かれた1件の体験談からスタートし、2021年2月現在、投稿された体験談は約1万件を突破。純猥談を元に製作した短編映画「触れた、だけだった。」はYouTubeで640万回再生を記録。自分にもあったかもしれない、誰かの性愛にまつわる体験談をコンセプトに投稿されたストーリーを様々な形で展開中。

Instagram　@jun.waidan
Twitter　@junwaidan
公式サイト　https://junwaidan.me

この作品は、webサイト「純猥談」に投稿された体験談を
加筆・修正し収録したものです。

純《じゅん》猥《わい》談《だん》
一度寝ただけの女になりたくなかった

二〇二一年 二 月二八日 初版発行
二〇二二年 五 月三〇日 19刷発行

編 者 純猥談編集部
発行者 小野寺優
発行所 株式会社河出書房新社
〒一五一−〇〇五一
東京都渋谷区千駄ヶ谷二−三二−二
電話 〇三−三四〇四−一二〇一（営業）
〇三−三四〇四−八六一一（編集）
https://www.kawade.co.jp/
組 版 株式会社キャップス
印 刷 株式会社暁印刷
製 本 株式会社暁印刷
Printed in Japan
ISBN978-4-309-02944-3

落丁本・乱丁本はお取り替えいたします。

本書のコピー、スキャン、デジタル化等の無断複製は著作権法上での例外を除き禁じられています。本書を代行業者等の第三者に依頼してスキャンやデジタル化することは、いかなる場合も著作権法違反となります。